Séances coquines

RHONDA NELSON

Séances coquines

COLLECTION *Andace*

éditions Harlequin

*Cet ouvrage a été publié en langue anglaise
sous le titre :*
PICTURE ME SEXY

Traduction française de
SYLVIE PATRICK

HARLEQUIN®

est une marque déposée du Groupe Harlequin
et Audace® est une marque déposée d'Harlequin S.A.

Photo de couverture
© GERHARD STEINER / CORBIS

Toute représentation ou reproduction, par quelque procédé que ce soit, constituerait une contrefaçon sanctionnée par les articles 425 et suivants du Code pénal.
© 2003, Rhonda Nelson. © 2006, Traduction française : Harlequin S.A.
83-85, boulevard Vincent-Auriol, 75013 PARIS — Tél. : 01 42 16 63 63
Service Lectrices — Tél. : 01 45 82 47 47
ISBN 2-280-17481-2 — ISSN 1639-2949

Prologue

« Stella Delaney, la reine de la lingerie de Memphis, plaquée… encore une fois ! »

Stella étouffa un juron en considérant le journal qu'elle était en train de lire. Avec la crise économique, le scandale de l'Eglise catholique qui défrayait la chronique et la dernière guerre, elle n'aurait jamais cru faire la une du *River City Herald*. C'était ridicule. Quelle triste époque qui considérait ses déboires sentimentaux comme un scoop ! En réalité, il s'agissait moins d'une information que d'un fait divers. Elle fit la grimace.

Et c'était *elle* qui payait les pots cassés.

Depuis son succès fracassant dans la lingerie féminine, Stella était devenue l'enfant terrible de Memphis. Sa réputation était surfaite, mais peu importait. Elle créait des modèles sexy et olé olé, donc elle était sexy et olé olé. Elle eut une moue ironique.

Il n'y avait pas un mot de vrai dans tout cela.

Pour ne rien arranger, elle aimait s'afficher avec des vedettes de base-ball et avait la fâcheuse habitude de se fiancer du jour au lendemain — et de rompre tout aussi vite. Elle était constamment sous les feux des projecteurs et les journaux ne parlaient que de ses humiliations, comme si sa vie était un sujet de plaisanterie inépuisable. Stella n'y prêtait en général aucune attention. Toute publicité était bonne à prendre. En privé, elle enrageait, mais son compte en banque s'en portait très bien.

Mais cette fois, curieusement, elle riait jaune.

Stella songea que sa morosité venait du fait que Roger travaillait à la banque, justement.

Cette espèce de chiffe molle n'avait même pas eu la décence de lui téléphoner et avait préféré lui annoncer leur rupture par mail. C'était inédit. On l'avait déjà larguée au cours d'un dîner, ou par téléphone, mais par Internet, c'était la première fois.

En tout cas, ce serait la dernière. Les hommes, c'était bel et bien fini !

Stella lut l'article et grimaça à la vue du cliché qui l'accompagnait. Elle avait l'air énorme. Il est vrai qu'elle n'était pas du genre fluette — elle était plutôt boulotte, enfant, et ce souvenir la torturait encore — mais, franchement, cette photo ne l'avantageait guère. Elle eut une moue de dégoût.

— Stella… j'ai une mauvaise nouvelle.

Stella croisa le regard soucieux de son assistante. Elle soupira en se carrant dans son confortable fauteuil en cuir.

— J'ai lu le journal, Beth. Inutile de faire cette tête d'enterrement. D'ailleurs, je suis étonnée qu'ils n'en aient pas eu vent plus tôt.

Roger et elle avaient rompu depuis près d'une semaine. Ils n'étaient apparemment plus dans le coup, au *Herald*. La dernière fois, la nouvelle était tombée au bout de quarante-huit heures à peine.

— Il ne s'agit pas de ça, dit Beth en secouant la tête.

Intéressant, songea Stella.

— Je vais avoir besoin d'un carré ou de la tablette entière ? s'enquit-elle en utilisant son échelle de valeurs personnelle. Pour elle, tout ou presque valait son pesant de chocolat. Certains problèmes se résolvaient par une simple barre, mais d'autres — comme se faire larguer, et pour la seconde fois, en plus — requéraient qu'on force un peu la dose. En fait, la tablette y passait tout entière. Elle en avait englouti des quantités cette dernière semaine — c'était son péché mignon, la seule entorse à son régime depuis qu'elle avait réussi à se débarrasser des kilos superflus qu'elle trimballait depuis son enfance. Mais elle s'était juré de se contrôler. C'était fou ce qu'on pouvait faire à force de volonté.

Beth se mordit la lèvre.

— La tablette entière, j'en ai peur, dit-elle.

Voilà qui ne présageait rien de bon pour sa tranquillité d'esprit et son tour de hanches ! songea Stella. Dieu merci, il restait toujours les antidépresseurs et le Lycra, se rassura-t-elle avec un petit sourire.

Elle repoussa son stylo en étouffant un soupir et afficha un air amical, en dépit du spasme familier qui lui tordait le ventre. L'éclair de pitié qu'elle décela dans les yeux de Beth la persuada que cette mauvaise nouvelle n'avait rien à voir avec le travail, mais concernait sa vie privée.

La pire des choses.

Mais elle ne voyait pas ce qui pouvait lui arriver de plus humiliant, maintenant que Roger avait rompu leurs fiançailles. Elle inspira un grand coup, pêcha une tablette de chocolat dans un tiroir et la posa sur son bureau afin de parer à toute éventualité.

— Alors ?

— Vous vous rappelez ce voyage dans les îles grecques que vous m'avez demandé d'annuler ?

Stella leva les yeux au ciel.

— Vous voulez parler de ma lune de miel ?

— Euh… oui, c'est ça.

Elle avait passé des mois à préparer la lune de miel de ses rêves qu'elle avait insisté pour payer, sachant que les parents de son fiancé n'auraient pas les moyens de régler la facture. Et dire que Roger, ce pingre, n'avait même pas proposé de partager les frais ! « Il est économe, s'était-elle alors raisonnée. C'est un excellent gestionnaire. » Il avait l'habitude de lui repasser les notes dont il aurait dû s'acquitter sous prétexte de « respecter son indépendance ». Pauvre type ! Stella eut une moue de dédain et secoua la tête. Ses yeux s'étaient enfin dessillés.

— Eh bien ? demanda-t-elle.

Beth s'agita, mal à l'aise.

— Je… euh… je ne peux pas l'annuler.

Stella cilla, abasourdie.

— Comment ça vous ne pouvez pas l'annuler ? Je sais que je m'y prends à la dernière minute, mais je croyais récupérer au moins une partie de la somme.

C'était le cousin de Roger, propriétaire d'une agence de voyages, qui avait organisé leur lune de miel. Estimant qu'elle était la partie lésée, elle n'avait jamais pensé qu'il y aurait le moindre problème pour rentrer partiellement dans ses fonds. Mais elle avait demandé à Beth de s'en charger afin d'éviter une nouvelle vexation. Elle aurait dû songer qu'il y aurait un hic.

— Appelez-les, soupira-t-elle. Je vais m'en occuper.

— Croyez-moi, insista Beth. Je ne serais pas là si c'était si simple.

— Mais c'est simple ! s'insurgea Stella qui en avait des crampes d'estomac. J'ai réglé un forfait dont je n'ai plus besoin, puisque je ne pars plus, crut-elle bon de préciser.

Beth se mordilla les lèvres.

— Vous ne partez peut-être plus en lune de miel…, mais Roger si.

La pièce s'assombrit et s'éclaira en même temps. L'aplomb que lui avaient insufflé ses nouvelles résolutions — je hais les hommes parce que ce sont des salauds sans foi ni loi, obsédés par le sexe et sans scrupules — s'évanouit brusquement.

— Je vous demande pardon ?

L'air désolé, Beth foula le tapis de laine rose et se laissa tomber dans l'une des bergères de satin rouge qui faisaient face à l'immense bureau ancien de Stella.

— Roger et sa… euh… nouvelle épouse volent en ce moment vers la Grèce.

Beth déglutit avec peine.

Elle se trompait en croyant que se faire larguer pour la deuxième fois, juste avant le mariage, était la pire chose qui pouvait lui arriver, songea Stella, abasourdie. On la remplaçait au pied levé et, pour comble d'ironie, on lui dérobait sa lune de miel.

Curieusement, l'idée que Roger en avait épousé une autre la dérangeait moins que le vol de sa lune de miel. Cela devait signifier quelque chose, mais elle refusait de s'y attarder pour l'instant. Ce cauchemar ne finirait donc jamais ? Les journaux allaient probablement faire leurs choux gras de ce dernier rebondissement dans la saga de

Stella Delaney. Etre une célébrité locale, c'était peut-être bon pour les affaires, mais c'était infernal dans le privé.

Stella se força à sourire en s'imaginant saccager les roses anciennes de Roger. La vengeance pouvait s'avérer une excellente thérapie.

— Quand nos tourtereaux sont-ils partis ? demanda-t-elle.

— Ce matin, répondit Beth. Roger a appelé l'agence de voyages pour leur demander de changer les dates et émettre un nouveau billet pour sa nouvelle… pour Wendy. Je suis désolée. Le vôtre n'était pas remboursable.

Wendy, la comptable prodige. Stella eut un sursaut de surprise. Voilà à quoi, ou plutôt à qui, Roger occupait ses soirées de travail quand il lui disait devoir vérifier ses comptes. Stella renifla de mépris. Elle n'allait pas se laisser abattre par cette nouvelle gifle. Elle aurait d'ailleurs dû s'y attendre. Une lune de miel aux frais de la princesse, Roger n'aurait évidemment pas manqué de sauter sur l'occasion.

La rage et l'humiliation lui marbrèrent le cou et les joues. Elle mordit machinalement dans la plaque de chocolat et en croqua un bon morceau. Dire qu'elle croyait avoir définitivement dépassé ce cap !

Elle était trop perfectionniste et gaspillait son temps avec les hommes. Elle avait perdu deux fois au jeu de l'amour. Son intuition devait être brouillée, sinon elle aurait déjà dû dénicher un homme franc, sans arrière-pensée. Ses trois derniers petits amis avaient eu la même idée dans la tête : se servir d'elle pour mettre un pied dans sa société.

Après sa première mésaventure, le cœur brisé, elle avait adopté une attitude digne et réservée. Elle avait ri alors qu'elle aurait voulu pleurer, elle s'était dominée, quand elle aurait voulu hurler, et elle avait fait preuve de la plus grande retenue. Elle avait essayé de jouer les grandes dames, et qu'avait-elle récolté ?

Elle s'était encore fait larguer.

Elle avait tenté le tout pour le tout et s'était brûlé les ailes, point final. Le happy end : « Ils se marièrent et vécurent heureux » n'était décidément pas pour elle. Pas avec un homme, en tout cas. Les femmes étaient par nature plus honnêtes. Même si elle en doutait — le sexe opposé l'avait toujours fascinée —, elle avait décidé d'étendre son rayon d'action. Et si elle avait des tendances lesbiennes cachées ? Elle se mit donc à écouter Melissa Etheridge et à regarder des rediffusions d'Ellen DeGeneres et de Rosie O'Donnell. Les résultats n'étaient pas probants, mais pouvait-on savoir à l'avance ? Elle sourit. Elle n'avait peut-être pas encore rencontré celle qui provoquerait le déclic.

Au plus profond d'elle-même, sa fibre féminine et maternelle refusait de renoncer à l'amour — elle voulait désespérément fonder une famille — mais elle avait atteint le point de non-retour. Elle soupira. Ce dernier fiasco sentimental la forçait à faire son examen de conscience. Un virage à cent quatre-vingts degrés s'imposait.

Après bien des déconvenues, Stella était parvenue à la conclusion que les hommes étaient des enquiquineurs.

Et puisqu'ils lui posaient un problème, autant s'en débarrasser purement et simplement.

Elle plissa les yeux. Surtout Roger.

Il lui avait laissé une belle pagaille sur les bras. Roger avait-il pensé à annuler le traiteur ? Non. A retourner les cadeaux ? Non plus, songea Stella qui regrettait la perte de la splendide porcelaine de Wedgwood à motifs floraux qu'elle avait l'intention d'exposer dans le beau vaisselier ancien, hérité de sa grand-mère. Non, Roger n'avait pas eu l'intention de s'occuper de quoi que ce soit. Au fond, pourquoi l'aurait-il fait ? Elle avait toujours été la parfaite petite fiancée, trop bien élevée et polie pour qu'il en soit autrement. Et il se reposait entièrement sur elle.

Parce qu'elle avait toujours été la belle de Memphis, se dit Stella, écœurée.

Parce qu'elle était une femme d'affaires respectée qui avait son rôle à tenir dans la communauté.

Parce qu'elle avait beau dessiner la lingerie la plus sensuelle et érotique de la ville, Roger savait qu'elle n'aurait jamais le cran de la porter, et encore moins de se prêter, au lit, aux jeux coquins que sous-entendaient ses créations. Or ce traître, cette lavette fourbe et intéressée, savait qu'elle était si pudique qu'elle n'osait faire l'amour que la nuit, dans le noir, et sous les draps.

Sa pudeur phobique était un éternel sujet de dispute entre Roger et elle, surtout au lit. Mais Stella n'y pouvait rien. Peu importaient le nombre de kilos perdus et les mensurations ainsi obtenues, elle voyait toujours dans la glace la fillette boulotte et ridicule qu'elle avait été. Impossible de passer outre, aussi illogique et stupide que cela puisse paraître.

Pourtant, à l'époque où elle s'imaginait encore qu'elle allait épouser Roger, elle avait décidé d'offrir à Roger des photos de charme en cadeau de mariage, pour lui montrer qu'elle ne manquait pas d'audace et qu'elle était capable de jouer les sirènes sexy qu'elle rêvait d'être. Evidemment, la rupture avait changé la donne...

Le rendez-vous avait été pris de longue date et, quand Roger lui avait envoyé un mail pour lui dire qu'il la quittait, elle avait d'abord pensé l'annuler. Mais, réflexion faite, elle avait décidé que c'était un premier pas pour devenir une nouvelle femme et lutter contre elle-même. Vaincre sa pudibonderie serait un bon début, après tout...

Elle aurait pu faire appel à l'un des photographes maison qui réalisaient son catalogue Le Laney's Chifferobe, mais elle avait préféré s'adresser à un studio extérieur. Mieux valait ne pas mêler ses collaborateurs à sa vie privée et garder l'anonymat. Sans compter les critères esthétiques de ses photographes habituels, qui risquaient de ne pas être parfaitement en phase avec elle. En effet, ses photographes réalisaient des portraits trop bien léchés : corps graciles et têtes démesurées. La taille 42 et les formes généreuses de Stella ne collaient pas, mais alors pas du tout, avec leur esthétique.

Même si on l'avait payée des millions, jamais elle n'aurait accepté de s'exposer à leurs regards condescendants, voire méprisants. Elle en avait assez soupé, enfant. En revanche, un studio extérieur serait parfait : là, au moins, elle n'aurait pas à redouter les indiscrétions et les bruits de couloir, et surtout, le photographe serait d'une neutralité bienveillante. C'est du moins ce qu'elle avait espéré quand elle avait pris rendez-vous...

Elle ne put réprimer un frisson en songeant que la séance était prévue pour l'après-midi même. Mais elle n'allait pas se défiler ! Elle n'annulerait pas la séance pour la seule raison que Roger l'avait larguée. Ces photos, elle allait les faire, et il allait voir de quoi elle était capable, cet abruti !

Pour les photos comme pour le reste : si Roger s'imaginait que lorsqu'il reviendrait, elle aurait remis de l'ordre dans le chaos qu'il lui avait laissé sur les bras et qu'il continuerait à être son conseiller financier à la River City Bank, comme si de rien n'était, il se trompait ! Qu'il ne compte surtout pas sur elle. Le temps où il l'utilisait comme bon lui semblait était révolu. Jamais plus elle ne le laisserait se servir d'elle et la traiter comme une vulgaire carpette !

Le sang lui monta à la tête et ses mains se mirent à trembler de nervosité en songeant à tout ce qu'elle avait accepté lorsqu'elle était avec lui. Elle allait se venger, et le plus vite possible.

Elle allait lui concocter un tour de sa façon et, à son retour, il allait tomber de haut.

— Stella, ça va ? s'enquit Beth. Y a-t-il autre chose que je puisse faire pour vous ?

Stella hocha la tête.

— En fait, oui. Annulez mes rendez-vous jusqu'à la fin de la semaine et procurez-moi un bidon de désherbant.

Beth écarquilla les yeux de surprise.

— Du désherbant ? En plein hiver ?

— Tout à fait, affirma joyeusement Stella.

Son plan prenait forme. La vengeance était une excellente thérapie.

— Et veillez à le choisir avec un bec verseur, s'il vous plaît.

1.

Munie d'un herbicide foudroyant et d'une paires de gants de jardinage, Stella quitta, au volant de son cabriolet, le parking de son bureau, situé au centre-ville, et prit la direction de Germantown, le quartier chic de Memphis où résidait Roger.

Car tout pingre qu'il fût, il avait choisi d'habiter dans l'un des quartiers les plus chers de la ville, afin d'assouvir ses deux passions : sa maison et sa pelouse. Alors que pour tout le reste, il passait son temps à faire des économies de bouts de chandelles, dès qu'il était question de sa maison, il ne lésinait pas. Roger avait la main verte et consacrait tous ses loisirs, sans parler de son argent, à entretenir une pelouse dont il était très fier : une variété de gazon toujours vert qui ne perdait rien de son éclat et de sa luxuriance, même durant les rudes mois d'hiver.

C'était l'occasion rêvée pour se venger, songea Stella avec un sentiment de jubilation. S'en prendre à ce à quoi il tenait le plus. Le mot « salaud » ressortirait à merveille sur l'herbe brûlée.

Elle se gara dans l'allée, accomplit rapidement sa besogne et décampa aussi vite. Sa colère envolée, elle se mit à rire d'excitation.

17

Stella adorait cette sensation. Elle éprouvait le même état euphorique quand elle dessinait ses modèles. C'était jouissif de créer des tenues si suggestives et sensuelles, sur lesquelles elle passait des heures à fantasmer. Jamais elle n'aurait imaginé qu'une farce aussi stupide que saccager une pelouse pouvait lui procurer le même plaisir !

Elle se mordilla les lèvres en songeant à subtiliser quelques-unes des roses anciennes qui faisaient la fierté de Roger, mais elle écarta bien vite cette idée. Se défouler en commettant un acte de vandalisme, somme toute assez inoffensif, était une chose, mais voler en était une autre, et elle ne se sentait pas prête à s'y risquer, du moins pas encore...

De plus, elle avait un rendez-vous. Ces fameuses photos, elle serait probablement la seule à les voir, avec le photographe, mais elle ne voulait pas y renoncer, car ce serait déjà un grand pas en avant. Si Stella se sentait sexy en concevant ses dessous, son excessive pudeur l'empêchait de les revêtir. Mais cela allait changer. Elle devait vaincre ses inhibitions afin de regagner un peu de sa confiance en soi.

Elle se gara sur le parking réservé au Studio Martelli, attrapa son sac sur la banquette arrière et, l'estomac noué, se prépara à la bataille. Même les petites victoires avaient leur importance, décréta-t-elle en pénétrant dans le vieil immeuble. Pour quelle raison ? Parce les hommes étaient des enquiquineurs.

L'odeur de peinture la prit à la gorge dans le hall d'entrée. Elle salua les deux ouvriers qui se trouvaient là et baissa la tête pour éviter un échafaudage et atteindre la cabine de l'ascenseur d'un modèle antédiluvien. Ragaillardie, Stella s'y engouffra en fredonnant sa nouvelle devise

« Les hommes sont des enquiquineurs » sur l'air de : *I will survive*, la vieille rengaine de Gloria Gaynor qui jouait en boucle dans sa tête.

« Les hommes sont des enquiquineurs, les hommes sont des enquiquineurs, les hommes sont des enquiquineurs », lui renvoyait l'écho tandis que le vieil ascenseur la hissait jusqu'au dernier étage. C'était du plus bel effet, à tel point que, profitant de ce qu'elle était seule, elle força la voix en accentuant le dernier mot d'une voix martiale : « Les hommes sont des *enquiquineurs*, les hommes sont des *enquiquineurs*, les hommes sont des *enquiquineurs*. »

Un rire mâle l'accueillit au moment où deux pieds nus se matérialisaient dans son champ de vision. L'ascenseur s'immobilisa au dernier étage, devant la porte de ce qui ressemblait à un luxueux loft, où elle découvrit deux longues jambes moulées dans un jean qui soulignait un ventre plat et des hanches étroites. Un polo bleu mettait en valeur des abdominaux en tablette de chocolat, des pectoraux divinement sculptés et les épaules les plus musclées qu'elle eût jamais vues. Il était grand, fort et athlétique.

Il était à tomber par terre, songea Stella, le cœur battant. Mais que lui arrivait-il ? se demanda-t-elle. Elle était un peu sonnée, comme si elle venait de percuter un mur de briques.

Il avait les cheveux foncés, ondulés, et un visage à damner un saint, sans doute la combinaison d'un heureux hasard et de gènes probablement italiens. Ses lèvres esquissaient un sourire nonchalant, le plus sexy du monde, tandis que ses yeux bruns, brillant d'humour et d'intelligence, promettaient d'indicibles plaisirs. Toute sa personne respirait l'assurance, la force, le sexe à l'état pur et, à sa grande surprise, elle eut envie de lui sur-le-champ.

Un désir brut, aveugle.

Elle expira péniblement et sentit son bas-ventre se contracter et la pointe de ses seins durcir sous la brûlure de ce désir effréné, primaire.

Une main sur sa hanche, M. muscles tenait son appareil photo de l'autre. Il avait de grandes et belles mains, hâlées, aux doigts soignés. Les mains d'un homme en disaient long, pensa Stella.

— Les hommes sont des enquiquineurs, hein ? répétat-il d'une voix profonde qui sonna à ses oreilles comme un doux air de blues.

Stella humecta ses lèvres sèches en hochant la tête. Oui, effectivement... Et elle pariait que celui-ci ne ferait pas exception.

Sam avait pensé à tous les scénarios possibles en imaginant son rendez-vous avec la reine de la lingerie fine, Stella Delaney, mais il n'avait jamais envisagé l'entendre beugler à tue-tête dans l'ascenseur que les hommes étaient des enquiquineurs avec un accent chantant du sud. Ni qu'elle le dévisagerait comme s'il était une plaque de chocolat dont, disait-on, elle était friande.

Sam était habitué à susciter l'intérêt des femmes — il était un Martelli, après tout, et les hommes de la famille ne manquaient pas de sex-appeal.

Mais le regard vert de Stella Delaney avait une intensité insolite, au-delà de la sensualité, au-delà du désir. Il n'arrivait pas à mettre le doigt dessus, au point qu'il en avait des frissons. Autour de lui, l'air parut changer de consistance tandis qu'elle sortait de sa transe et qu'il s'effaçait pour la laisser entrer.

Il lui vint à l'esprit une pensée ridicule qu'il chassa aussitôt. Cette étrange sensation… non, ce ne pouvait pas être ça.

En aucun cas.

S'il lui était déjà arrivé de caresser l'idée de se marier et de fonder une famille — ce qui n'était pas le cas — Sam ne croyait pas au « coup de foudre », le don quasi surnaturel qu'avaient les Martelli pour choisir leur compagne. Selon la légende familiale — confortée par le témoignage de son père, ses frères, ses oncles et ses cousins qui étaient toujours amoureux de leur femme et n'avaient jamais divorcé — un Martelli *savait* quand il avait trouvé l'élue de son cœur, celle avec laquelle il passerait le reste de son existence. On lui avait parlé des prétendus signes physiques, tels que la chair de poule, des picotements et une impression de déjà vu… Exactement ce qu'il venait d'éprouver, songea Sam avec inquiétude.

Non, se dit-il, refusant d'envisager cette éventualité. Quelques années plus tôt, il avait pris la décision de rester célibataire en voyant son père pleurer la mort de sa mère et devenir l'ombre de lui-même. Et en observant ses frères, de grands costauds qui n'avaient pas froid aux yeux, devenir complètement gâteux devant leurs épouses et même sangloter à la naissance de leurs enfants. La perspective de ne plus se contrôler et de dépendre de quelqu'un d'autre le révoltait. Sam fit la grimace.

Cela lui passerait, il n'en doutait pas.

Un Roméo porté sur le mélo, tapi dans l'arbre généalogique des Martelli, avait dû leur transmettre ce conte de génération en génération. Sam grimaça. S'il y avait quelque chose qu'un Italien aimait autant qu'une marinade, c'était une bonne histoire. Les hommes tombaient tout simplement amoureux et ils appelaient ça « un coup de foudre », uniquement pour préserver la tradition familiale.

N'importe quoi !

Quant à leur fidélité et à la stabilité proverbiale de leurs couples — surtout à cette époque où le divorce était monnaie courante — il y avait une explication toute simple. Les Martelli étaient des gens intelligents, loyaux, qui avaient un grand sens de la famille. Par exemple, ils se faisaient un point d'honneur de déjeuner chaque jour chez leur père, et malheur à celui qui se défilait. Leur père comptait sur eux et, quoi qu'il leur en coûtât, aucun d'eux n'avait jamais encore failli à son devoir.

Sam se dit que sa réaction devant Stella Delaney n'était que le fruit de son imagination débridée. Il devait être à cran. Il avait tellement fantasmé sur ce rendez-vous que c'était devenu une véritable obsession depuis qu'elle lui avait téléphoné pour le lui fixer, deux mois plus tôt.

A dire vrai, quand les journaux avaient annoncé qu'elle s'était fait plaquer pour la seconde fois — Dieu bénisse cette femme qui semblait incapable d'amener un homme à dire « oui » —, Sam aurait cru qu'elle aurait annulé la séance. Curieusement, elle n'en avait rien fait. Et il n'était pas homme à cracher dans la soupe.

Il lui avait envoyé son book, plusieurs mois auparavant, et ce rendez-vous lui offrait enfin l'occasion de lui montrer de quoi il était capable et de mettre le pied dans son entreprise.

Sam aimait les femmes. Les maigres, les grosses, les petites, les grandes et tout l'éventail intermédiaire. Les formes féminines étaient si belles ! Une peau satinée, de douces rondeurs, la courbe troublante d'une hanche, une cuisse soyeuse, une croupe galbée. Les femmes étaient toutes plus belles les unes que les autres et leurs corps avaient toujours exercé sur lui une étrange fascination.

Il ne les comprenait pas, bien entendu — quel homme sain d'esprit s'y risquerait-il ? Tout le monde savait que c'étaient des créatures capricieuses. Mais il ne les en aimait pas moins et il avait le don de les capturer sur la pellicule.

Avec un peu de chance, Stella Delaney s'en rendrait compte.

Sam ne répugnait pas à prendre des photos de charme et à se charger de temps à autre d'un mariage. Cela payait les factures, après tout, ainsi que sa passion pour la brocante. Mais depuis que Le Laney's Chifferobe tenait le haut du pavé, il lui démangeait de tenter le coup.

Il savait que Stella dessinait chacune de ses créations, dont elle supervisait personnellement la mise en page, ce qui représentait un travail monumental. Elle était méticuleuse à l'excès et hyperperfectionniste. C'était une stakhanoviste. Elle était partie de rien et ne s'était pas reposée sur ses lauriers une fois son entreprise sur les rails. Elle avait un caractère bien trempé, aucun doute là-dessus.

Il comprenait d'autant moins comment elle pouvait se satisfaire de photographies médiocres. Trop bien léchées, les photos de son catalogue manquaient de finesse et n'étaient guère attrayantes. A quoi bon s'embarrasser de modèles ? Elle aurait aussi bien pu se contenter d'instantanés, le résultat aurait été le même.

Elle ne le savait pas encore, mais elle avait besoin de lui, se dit Sam. En conjuguant leurs talents, ils feraient des étincelles.

En parlant d'étincelles… Cette femme était incandescente.

Sam caressa du regard la silhouette pulpeuse, à la Marilyn Monroe, de Stella Delaney. De petite taille, elle avait des formes pleines, généreuses, parfaites, contrairement à tous ces mannequins filiformes qui se laissaient mourir de faim. Il étudia son doux visage en forme de cœur, sa bouche adorable, son menton délicat, ses yeux émeraude et sa longue chevelure mordorée qui lui retombait jusqu'aux reins. Sam était impatient de braquer son viseur sur elle.

Il éprouva les mêmes curieux picotements, son poil se hérissa et un frisson d'excitation le secoua. Il se renfrogna et tenta de se ressaisir.

Béer d'admiration tandis qu'elle admirait son loft n'était franchement pas professionnel, se morigéna-t-il.

— Je vois que vous avez pris un sac, remarqua-t-il. Combien de tenues avez-vous apportées ?

Elle se raidit et passa une main tremblante dans ses cheveux.

— Trois. Mais je peux me contenter d'une seule si vous jugez que c'est trop.

Sam eut un rire rassurant.

— Non, non, c'est parfait. Je me demandais juste combien de prises programmer. Nous changerons de décor chaque fois. Avez-vous prévu une photo de nu ?

Les mots avaient dépassé sa pensée. Bon sang, il ne devait pas s'enflammer au point de perdre pied. Ce n'était pas sérieux.

Les yeux verts de Stella s'écarquillèrent sous l'effet de la panique.

— Euh… non.

Sam la considéra avec une attention accrue. Les femmes qui venaient le voir étaient généralement mal à l'aise à l'idée de s'exhiber devant lui. Elles étaient souvent complexées à cause de hanches trop larges, de seins trop petits ou d'un excédent de poids. Détails auxquels un homme amoureux ne prêtait aucune attention.

Les hommes sont visuels. C'est la raison pour laquelle ils achètent *Play-boy*, ne dédaignent pas regarder un film porno de temps à autre et aiment faire l'amour toutes lumières allumées. Quand un corps nu et sexy les excite, ils ne perdent pas leur temps à s'attarder à quelques petites imperfections. Au spectacle d'une femme dénudée, un homme perd instantanément la tête. Un point c'est tout.

Or à l'évidence, Stella Delaney n'avait pas la moindre idée de ces principes élémentaires... Elle concevait la lingerie la plus sensuelle du marché, et il n'aurait jamais cru qu'une femme aussi voluptueuse fût mal dans sa peau. Pourtant, c'était sans doute le cas, se dit Sam en l'étudiant attentivement. C'était curieux. Elle n'était sans doute pas aussi provocante que ses créations — à en croire les paparazzi — le laissaient entendre. Il remit ces réflexions à plus tard.

— Cet endroit est magnifique, s'extasia Stella en s'approchant des grandes baies vitrées d'où l'on avait une vue plongeante sur les toits du vieux Memphis. L'avez-vous restauré vous-même ?

— Oui, j'ai refait la peinture et les parquets, mais pas la plomberie et l'électricité.

Il haussa les épaules et se massa la nuque.

— Veuillez m'excuser de l'état où se trouve l'immeuble. Quand le propriétaire a constaté ce que j'ai réalisé ici, il a décidé de tout rénover. C'est un peu gênant en ce moment, mais ce sera sensationnel une fois fini, conclut-il en souriant.

Il éprouva la même impression de déjà vu quand elle se retourna vers lui. Elle hocha la tête.

— Certainement. En tout cas, c'est vraiment ravissant chez vous.

« Secoue-toi, Martelli, se dit Sam en s'efforçant de chasser ses pensées lubriques. Tu vas tout gâcher. »

— Bon, êtes-vous prête ? Pouvons-nous commencer ?

Elle n'avait pas du tout l'air prête, en fait, nota Sam. Elle se mordillait les lèvres d'un air malheureux, dans les affres de l'indécision. Il se demanda si elle n'allait pas changer d'avis quand elle inspira un grand coup et lui sourit.

— Je ne suis pas prête… mais déterminée.

Sam, qui en avait conscience, fut impressionné. Cette fille avait du cran, qualité qu'il trouvait irrésistible. Il hocha la tête.

— Dans ce cas, si vous voulez bien me suivre, madame Delaney…

— Appelez-moi Stella. Vous allez me voir à moitié nue, alors dispensons-nous des formalités.

— D'accord, Stella. A propos, moi, c'est Sam. Le vestiaire se trouve dans le couloir, la première porte à gauche. Allez vous changer et n'oubliez pas…

Elle haussa les sourcils en souriant.

— Que je n'oublie pas quoi ?

— Que les hommes sont des enquiquineurs, répondit Sam avec un clin d'œil.

2.

Stella prit la direction indiquée et se détendit. Sam Martelli lui avait remonté le moral et elle se dit qu'il était non seulement la créature la plus sexy que Dieu eût jamais créée sur terre, mais qu'en plus, il ne manquait pas d'intuition.

Il avait dû apprendre sa récente mésaventure par les journaux, mais au lieu de l'évoquer ou de tenter de la réconforter, au risque de l'embarrasser, il avait instinctivement trouvé les mots justes. Elle espérait qu'il était professionnellement aussi doué, car elle allait avoir besoin de toute sa volonté pour surmonter cette épreuve. A la simple idée d'enfiler les tenues qu'elle avait apportées, elle était morte de peur, elle avait la gorge sèche et des fourmis dans tout le corps.

Mais elle était décidée à en finir au plus vite. Elle se raidit. Elle allait les faire, ces photos, coûte que coûte. Pour des raisons inexplicables, il était crucial qu'elle oublie ses inhibitions et s'assume telle qu'elle était. Changer d'attitude sans passer à l'acte ne rimait à rien.

Stella n'eut aucun mal à repérer le salon d'essayage. De dimensions modestes, la pièce était accueillante avec le tapis oriental recouvrant le parquet, un petit divan Duncan

Phyfe poussé contre le mur et l'immense psyché en acajou qui occupait un angle.

En guise de crochets pour suspendre les vêtements, Sam avait fixé au mur des boutons de porte de verre d'antan. Cette idée originale la fit sourire. Il avait accompli le tour de force de mêler l'ancien et le moderne, et le résultat était chaleureux, hétéroclite et très romantique. Il n'y avait aucune faute de goût. Intriguée, elle songea que c'était sans doute un passionné de brocante, comme elle. La maison de Stella qui datait d'avant la guerre de Sécession était remplie de ses trouvailles. Il fallait dire qu'elle ne pouvait passer devant un brocanteur, un vide-greniers ou un antiquaire sans s'arrêter.

Elle se demanda s'il y avait une Mme Martelli dans les parages, mais écarta aussitôt cette hypothèse. Elle espérait bien que non, ce qui était ridicule puisqu'elle s'était juré de faire une croix sur les hommes, voire de virer sa cuti. Honnêtement, elle n'avait rien à se reprocher. Elle avait la preuve irréfutable que c'étaient des enquiquineurs, sans exception. Alors Sam Martelli pouvait bien être le mâle le plus sexy de la terre, elle s'en moquait. Qu'y pouvait-elle si ses mamelons étaient encore sensibles et que son excitation n'était pas retombée depuis qu'elle l'avait vu ? Si elle avait encore le sexe moite et la bouche sèche ?

Tout cela était insensé, se dit-elle, furieuse contre elle-même. Elle se débarrassa de ses vêtements qu'elle jeta sur le divan, farfouilla dans son sac et y pêcha une tunique en coton blanc qu'elle enfila avec le string assorti.

Quel fiasco ! C'était toujours pareil avec elle dès qu'il s'agissait des hommes. N'importe lesquels. Même celui-là, il fallait bien le reconnaître. Quel besoin avait-elle de se demander si ce type était ou non marié ? Tout ce qui importait pour le moment était de savoir s'il était vraiment capable de prendre de bonnes photos ou si sa réputation était usurpée.

Stella se retourna et contempla d'un œil critique l'image que lui renvoyait le miroir. Elle se ratatina comme un petit bouquet de fleurs fanées. C'était une jolie chemise en broderie anglaise, ornée de rubans de satin, qui, reconnut-elle à regret, lui allait à ravir. Ample, avec des manches bouffantes, elle lui arrivait à mi-cuisses. Très romantique. Le vêtement était si féminin et sexy qu'il aurait avantagé n'importe quelle femme. Mais l'idée qu'elle ne portait rien en dessous, excepté un minuscule string, lui fit battre le cœur. La panique lui noua le ventre. Stella fourra ses mains dans ses cheveux et laissa ses boucles tomber en cascade sur ses seins. Encore un mécanisme de défense, songea-t-elle, excédée.

Dissimuler son corps sous des vêtements ne suffisait pas, il lui fallait en plus ses cheveux.

D'accord, changer de comportement était une merveilleuse idée, en théorie, mais en pratique ? Elle se mordilla les lèvres. En serait-elle réellement capable ?

Un coup frappé à la porte la fit sursauter.

— Stella ? appela Sam. Etes-vous prête ?

Non, prête, elle ne l'était pas du tout... Mais résolue, certainement. Elle respira avec difficulté.

— J'arrive.

Elle redressa les épaules, ouvrit la porte et rejoignit Sam. Sa haute taille, sa présence avaient quelque chose de rassurant. Il parut apprécier sa tenue, sans s'y attarder davantage. Devait-elle être vexée ou reconnaissante ? Elle renonça à se torturer l'esprit alors qu'elle était à moitié nue au milieu du couloir.

Il hocha la tête.

— Une tunique. C'est une bonne idée. Venez. Le studio est par là.

Stella obtempéra. Le couloir donnait sur une immense pièce très lumineuse.

Plusieurs décors et accessoires s'alignaient contre les murs : une chambre à coucher dotée d'un magnifique lit à baldaquin, un salon avec une splendide méridienne dans le style rococo, une salle de bains pourvue d'une ancienne baignoire à pieds et enfin, un sofa tendu d'un tissu doré, imprimé de motifs d'animaux.

Sam avait veillé aux moindres détails, aux couleurs et aux contrastes, dans une profusion de bougies, de lampes, de tapis… L'ensemble créait une atmosphère sensuelle, voluptueuse. Elle frissonna d'excitation. Elle aurait voulu tout à la fois s'étendre sur le lit, la méridienne, le sofa, se plonger dans la baignoire.

Il avait manifestement investi beaucoup de temps et d'argent dans l'agencement de son studio, songea Stella, impressionnée. Elle devait reconnaître que les quelques décors du Chifferobe ne pouvaient soutenir la comparaison, et imaginait déjà ses mannequins poser dans un tel lieu.

— Par quoi aimeriez-vous commencer ? demanda Sam de sa belle voix douce.

Elle éclata de rire en désignant la pièce d'un grand geste.

— J'aimerais tout essayer. C'est tellement incroyable. Est-ce votre œuvre ou avez-vous fait appel à un décorateur ?

Elle connaissait la réponse avant même de poser la question — le loft présentait une parfaite homogénéité, une telle sensualité —, mais elle voulait en avoir la certitude.

Sam secoua la tête, jouant avec son appareil photo.

— Non, je n'ai pas pris de décorateur. J'ai des goûts très éclectiques, et je ne pense pas qu'un professionnel le comprenne.

Il releva la tête et lui sourit. Stella sentit une onde de chaleur irradier au creux des reins et remonter le long de sa colonne vertébrale.

Pour sa part, elle comprenait et elle aimait beaucoup ce qu'elle voyait. On aurait dit qu'elle avait trouvé l'âme sœur. Sa sensualité s'exprimait à travers ses créations, et celle de Sam à travers la photo et la décoration intérieure.

C'était rafraîchissant de rencontrer un homme qui semblait prendre un si grand plaisir à s'entourer de belles choses. Même Roger, qui avait pourtant plus de classe que la plupart de ses connaissances, s'en était remis à un décorateur professionnel pour sa maison. D'ailleurs, songea-t-elle avec une pointe de méchanceté, ne l'aurait-il pas fait qu'à coup sûr, la décoration aurait été catastrophique.

— C'est vraiment du bon travail que vous avez fait là ! s'exclama Stella. Remarquable. Un intéressant mélange d'ancien et de moderne.

— J'aime les objets anciens, ils ont du cachet.

Après un dernier coup d'œil à son appareil photo, il estima qu'il était fin prêt et releva la tête.

— Bon, alors, par quoi aimeriez-vous commencer ? répéta-t-il. Il faut nous dépêcher tant qu'il y a encore la lumière naturelle.

Stella hocha la tête.

— Vous avez raison. Je... euh...

Elle étudia chaque décor, incapable de se décider.

— Eh bien, avec cette tunique, je pense que la méridienne serait plus appropriée. Mais c'est vous l'expert. Qu'en dites-vous ?

— Je suis d'accord. La tunique est très originale et ira très bien avec le tissu vert du canapé.

La tunique, pas *elle*. Stella ravala son agacement et se força à sourire. Elle ne tenait pas particulièrement à le séduire, et pourtant… Elle était à moitié nue et lui, c'était un homme — il était censé s'en rendre compte, n'est-ce pas ?

En tout cas, si elle était blessée par sa froideur, elle ne ressentait pas le trouble dans lequel la jetait invariablement sa pudeur. Inutile de se mettre en frais pour quelqu'un qui ne lui manifestait pas le moindre intérêt, n'est-ce pas ?

— Un peu de musique d'ambiance pour nous mettre en train, vous êtes d'accord ? proposa Sam.

— Bien sûr, approuva Stella, qui n'arrivait pas à surmonter sa gêne.

N'importe quoi, si ça pouvait le dégeler. Apparemment elle ne lui faisait aucun effet. Mais c'était aussi bien comme ça, se dit Stella en se retenant de grincer des dents. Avait-elle oublié qu'elle ne voulait plus rien avoir à faire avec les hommes ?

Pourtant, elle ne pouvait s'empêcher de le dévorer des yeux. Elle aimait sa démarche tranquille, décidée. Sensuelle. Un homme si rigoureux dans son travail, sa maison, devait être aussi attentionné et minutieux en amour. Il prendrait son temps, ne brûlerait aucune étape…

Sittin' on the dock of the bay d'Otis Redding s'éleva soudain, diffusé par des haut-parleurs invisibles, la détournant de ses pensées stériles. Elle sourit, bouleversée par cette voix douce, rauque. Elle n'était guère étonnée.

Elle aurait parié que Sam Martelli aimait Otis Redding. Comme elle.

Sam mesura la lumière autour du divan et jugea le résultat satisfaisant.

— O.K. C'est quand vous voulez.

Stella se dirigea vers la méridienne, horriblement mal à l'aise. La tunique avait beau avoir des manches longues et lui arriver à mi-cuisses, elle se sentait nue.

— J'avais raison, reprit Sam d'une voix dépourvue d'émotion. Cette tenue est parfaite.

Irritée, Stella plissa les yeux. Encore cette tunique ! Pas elle. Elle était fière de cette sacrée tunique — c'était elle qui l'avait dessinée, après tout — mais, franchement, il ne faisait rien pour qu'elle se sente désirable. C'était quand même son boulot, non ?

— Où me voulez-vous ? demanda-t-elle avec un soupir de frustration.

Occupé à d'ultimes réglages, il marqua une pause avant de répondre d'une voix légèrement tendue.

— Allongez-vous sur la méridienne dans une position naturelle. Mettez-vous à l'aise.

Stella obéit, la tête dans une main, les jambes repliées sous elle. C'était confortable, mais pas du tout érotique. En fait, elle se sentait ridicule.

Sam l'observa à travers le viseur avant de relever la tête, le front plissé.

— Ça ne va pas ?

— Je... euh... je ne me sens pas sexy pour deux sous, mais plutôt idiote.

— Vous n'avez absolument pas l'air idiote, rétorqua Sam avec un sourire de guingois.

— Peut-être, mais je n'ai pas l'air sexy non plus.

Sam se massa la nuque avec une grimace.

— Bien sûr que si, mais vous ne voulez pas le reconnaître. Or, les deux choses sont liées. Je pourrais sans doute vous aider, mais vous êtes si pudique que je ne suis pas sûr d'y parvenir. J'aurais beau vous complimenter, vous le prendriez mal. Et si, en plus, vous vous mettez à vous faire du mouron concernant ce que vous portez — ou ne portez pas — ou à propos de votre apparence, nous n'y arriverons jamais. Personne ne vous demande de ressembler à un chaton sexy, Stella, ajouta-t-il patiemment. Il vous suffit de sourire, d'accord ?

Il avait raison. Elle était en train de se ridiculiser.

— D'accord.

— Génial !

Sam disparut derrière son appareil photo.

— A propos, à qui destinez-vous ces photos ?

Stella étouffa un grognement et leva les yeux au ciel.

— A mon futur amant.

— Votre futur amant ?

— Oui, confirma-t-elle en se forçant à sourire. Je suis sûre que vous avez lu la presse. Mon ex-fiancé et sa nouvelle épouse se sont envolés pour la Grèce où ils vont passer leur lune de miel à mes frais.

Interloqué, Sam abaissa son appareil photo.

— Vous plaisantez ?

— J'aimerais bien.

Sam refit la mise au point et prit deux nouveaux clichés.

— Quel salaud !

— Je ne vous le fais pas dire.

Il fit un pas de côté, posa un genou à terre et prit quelques autres photos.

— C'est ce genre de type qui salit notre réputation à nous, les hommes.

— Tout juste, enchérit-elle avec un petit rire. C'est d'ailleurs bien pour cela que j'ai l'intention d'en finir.

Stella roula sur le dos et croisa les jambes. Curieusement, elle se sentait moins ridicule et commençait même à se détendre.

— Avec les hommes ?

— Oui, confirma-t-elle en tortillant une boucle de cheveux entre ses doigts.

— Dans ce cas, je ne saisis pas bien le rapport avec votre nouvel amant, insista Sam, amusé.

Il devait croire qu'elle plaisantait. Encore une femme frustrée et des menaces en l'air. Mais il se trompait. Elle était adulte et vaccinée et elle ne parlait pas à la légère.

Et si elle éclairait sa lanterne ?

Stella s'étendit sur le côté avec un sourire malicieux. Pour la première fois depuis le début de la séance, elle se sentait désirable. Elle haussa les sourcils d'un air innocent.

— Qui vous dit que mon futur amant est un homme ?

L'appareil photo tomba sur le sol. Il la regardait, bouche bée. C'était vraiment impayable.

Stella se redressa en faisant la moue.

— C'est raté, dommage. Ça aurait pu être une photo fantastique.

3.

Ce fichu appareil lui avait glissé des mains !

Cela ne lui était encore jamais arrivé. Quand il travaillait, son matériel devenait comme un prolongement de lui-même. Son appareil photo était son bébé qu'il traitait comme tel — avec le plus grand soin.

Inutile de dire qu'au cours de sa vie professionnelle, il avait été choqué plus d'une fois. Il avait pris des photos de charme d'un hermaphrodite, de femmes arborant des piercing aux endroits les plus invraisemblables. Il en frémissait encore. Il avait à peu près tout vu dans son métier, mais jamais, au grand jamais, il n'avait encore laissé tomber son appareil photo.

Or cette femme n'avait eu qu'à suggérer qu'elle pouvait virer de bord pour qu'il manie un appareil à trois mille cinq cents dollars comme un novice.

Incroyable. C'était proprement incroyable. Il lâcha une bordée de jurons bien sentis en se baissant pour le ramasser.

Au premier regard, il avait su que Stella Delaney ne lui attirerait que des ennuis. Mais pour des raisons inexplicables, il s'était dit qu'une fois derrière l'objectif, il serait enfin à l'abri et la traiterait comme n'importe quelle jolie femme venue se faire photographier dans son studio. Et Dieu sait s'il en voyait !

D'une certaine manière, un photographe de mode digne de ce nom devait être imperméable au charme féminin. Etre excité pendant une séance de photos et faire du bon travail n'étaient guère synonymes. Il fallait prendre du recul et se concentrer sur l'objectif. Sam était passé maître dans cet art depuis des années, mais dès l'instant où Stella Delaney avait franchi la porte du dressing-room, comme mû par une volonté propre, son sexe durci s'était mis à faire des siennes. Son sang grésillait dans ses veines et son cuir chevelu le picotait, à croire qu'il était devenu allergique au shampoing.

Son corps ne lui obéissait plus. C'était la déroute.

Il ne la désirait pas — le besoin impérieux qu'il éprouvait ne pouvait se réduire à une définition aussi banale — il devait la posséder. Il sentait qu'il allait exploser, ou pire encore, dans le cas contraire.

Un seul regard à sa tunique — elle aurait aussi bien pu être en habit de nonne, tant elle était couverte — et il avait été submergé par une gigantesque lame de fond.

Les courbes que ces mètres de tissu ne parvenaient pas à dissimuler, la bouche sexy, la longue chevelure dorée, et… Elle était superbe, absolument superbe, et le fait qu'elle n'en avait pas conscience la rendait encore plus irrésistible.

Au cours des premières poses, il avait failli dix fois lui avouer qu'il la trouvait incroyable, envoûtante, mais étant donné la pudeur maladive dont elle faisait montre, il avait jugé préférable de s'en abstenir. Pour sa tranquillité d'esprit à lui, ou à elle. Il avait choisi de lui parler, histoire de l'amadouer, et le stratagème avait fonctionné jusqu'à ce qu'elle lance son fameux : « Je pourrais peut-être prendre une amante », qui lui avait fait l'effet d'une bombe.

Il n'avait jamais rencontré de femme plus sensuelle. Mais ne l'avait-il pas surprise en train de le déshabiller de son regard vert ? Non, il ne pouvait pas le croire, c'était impossible. Il étouffa un grognement. Si elle était lesbienne, alors il était le Pape.

— Je vous ai choqué ? demanda Stella avec un grand sourire.

— Choqué ? Non, disons plutôt surpris. Je n'imaginais pas que vous étiez lesbienne.

Il lui sourit, affichant un calme factice.

— Je croyais que votre fiancé était un homme.

Il inspecta une dernière fois son appareil photo pour s'assurer qu'il était intact et tenta de reprendre son sang-froid. Avec un peu de concentration, peut-être parviendrait-il à penser à autre chose qu'à l'épaule adorable que la tunique de la jeune femme, en glissant, laissait entrevoir ? Et à ne pas se laisser obnubiler par l'envie de la débarrasser de ces kilomètres de coton blanc pour explorer chaque parcelle de ce corps splendide.

Avec ses lèvres.

— Mon fiancé était un homme, tout comme le précédent, d'ailleurs, répliqua Stella. Or les hommes sont tous des enquiquineurs. Alors pourquoi ne pas donner sa chance à une femme ? J'ai les idées larges, vous savez.

Sam émit un claquement de langue réprobateur en se préparant pour le cliché suivant.

— Je ne pense pas que la largeur de vos idées ait quoi que ce soit à voir là-dedans.

Stella roula sur le ventre, ses cheveux ruisselant par-dessus le dossier du canapé.

— Pourquoi dites-vous ça ?

Sam prit quelques nouveaux clichés avant de s'interrompre.

— Puis-je vous poser une question ? Avez-vous déjà été attirée par une femme, oui ou non ?

Stella fit la grimace.

— Non, mais je pense pouvoir y arriver.

— Quel but louable ! s'esclaffa Sam.

Stella haussa les épaules, dénudant un petit peu plus de peau crémeuse.

— Oh, quand il faut se jeter à l'eau, vous savez…

La première pellicule était terminée.

— Bon, cette série est achevée, constata Sam. Voulez-vous aller vous changer pour la prochaine ?

Il avait adopté un ton léger, espérant ne pas perdre le terrain conquis, mais à peine avait-il évoqué cette idée qu'elle se crispa, le front plissé d'inquiétude.

Sam feignit de se concentrer sur son appareil photo.

— Bien sûr, acquiesça enfin Stella en hochant la tête. Je… je reviens tout de suite.

Logiquement, Sam aurait pu croire qu'il serait redevenu lui-même sitôt qu'elle aurait franchi le seuil, un peu comme une prise que l'on débranche. Son désir fou retomberait, de même que son excitation et les fourmis qu'il ressentait dans tout le corps.

A son grand regret, il n'en fut rien et il songea amèrement que, tant qu'il ne l'aurait pas possédée, cela ne cesserait jamais.

Ce qui était hors de question.

Primo, il ne couchait pas avec ses clientes. Il avait travaillé dur pour acquérir sa réputation, laquelle dépendait surtout du bouche à oreille. Une femme humiliée était capable de tout. Une nana furieuse, dotée d'une langue de vipère, pouvait lui coûter des milliers de dollars. Cela s'était vu.

Secundo, en admettant qu'il oublie cette sacro-sainte règle de conduite, il ne s'y risquerait pas avec une femme aussi émotionnellement fragile que Stella Delaney. Elle venait d'être plaquée et elle était en train de perdre les pédales, au point d'envisager de devenir lesbienne ! Il faudrait être fou pour désirer approfondir cette attirance vertigineuse qui les poussait l'un vers l'autre.

Et si ce n'était pas suffisant, il voulait désespérément se faire embaucher au Chifferobe. C'était la chance de sa vie, il le savait. Il n'allait pas la gâcher pour une passade. Il devait se reprendre.

Regonflé à bloc, Sam se retourna tandis que Stella faisait timidement son entrée. Et aussitôt, ce fut comme si son sang refluait vers son sexe : il avait la tête vide, la chair de poule, le souffle coupé.

Il s'agissait d'une nuisette longue, une pure merveille de soie noire à fines bretelles dénudant ses épaules, sublimant les globes voluptueux de ses seins et soulignant sa taille ainsi que les courbes généreuses de ses hanches. Le corsage était lacé, avec application de dentelle à motifs de roses rouges, en forme d'arabesque, qui s'enroulaient effrontément autour d'un sein, sur le ventre et le long de la hanche, jusqu'à l'ourlet.

Hormis ses bras, ses épaules et quelques fentes sur le devant, elle était couverte de la tête aux pieds, mais, de l'avis de Sam, elle aurait aussi bien pu être nue. Elle avait rejeté sa chevelure blond pâle sur son épaule et mordillait ses lèvres pleines avec tant d'ardeur que son rouge n'avait pas résisté. Il n'avait jamais vu de femme aussi belle.

Jamais.

Mais outre les curieux symptômes physiques qu'il ressentait depuis qu'il avait posé les yeux sur elle, il éprouvait une oppression douloureuse dans la poitrine, un malaise indicible qui l'empêchait presque de respirer.

— Bon, fit Stella avec un petit sourire effronté, irrésistible. Comment voulez-vous me prendre ?

Il faillit perdre le peu de contrôle qui lui restait. Comment voulait-il la prendre ? N'importe où. N'importe comment. A peine quelques mètres de parquet et quelques bouts d'étoffe le séparaient d'elle. Avec un peu d'imagination, il trouverait bien le moyen de la séduire, ici même, tout de suite.

Sam se massa la nuque pour apaiser la brûlure du désir.

— Pourquoi pas là-bas ? Qu'en dites-vous ? proposa-t-il en désignant le canapé.

Stella croisa les bras, ce qui eut pour effet d'accentuer le galbe de sa poitrine généreuse, et se dirigea vers le canapé où elle s'assit avec raideur.

— Voilà. Et maintenant ?

— Y a-t-il quelque chose qui puisse vous aider à vous décontracter ? suggéra Sam, histoire de la dérider.

Le procédé avait déjà fait ses preuves, et peut-être l'aiderait-il à penser à autre chose qu'à caresser voluptueusement la dentelle ajourée avec sa langue. Ou à la renverser sur le sofa pour s'introduire dans sa douce moiteur...

Elle se força à sourire en regardant nerveusement autour d'elle.

— Oui, du chocolat.

Sam pouffa. Elle était chocomaniaque. C'était donc vrai ? On disait aussi que sa maison était remplie d'antiquités et décorée dans toutes les nuances de rouge et de rose, comme un coffret à bijoux. Il allait en avoir le cœur net.

— N'importe quelle sorte de chocolat ? demanda-t-il tout en choisissant le meilleur angle pour le prochain cliché.

— Non, seulement du noir. Pas aux noisettes, ni au caramel, ni praliné.

Elle sourit avec une petite moue irrésistible.

Sam appuya sur le déclencheur, certain que cette photo serait la plus réussie. Elle avait un si beau sourire, innocent et provoquant à la fois, et cette charmante façon de hausser le sourcil ! Il déglutit péniblement.

— Je crois que celle-ci sera fantastique.

— Ah ?

— Oui. Y a-t-il autre chose qui vous détend ?

Elle lui décocha un nouveau sourire impertinent.

— Désolée, mais je ne vous connais pas encore assez pour vous le révéler.

Sam prit encore plusieurs photos. Malgré les images indécentes qui lui troublaient l'esprit, il était parvenu à son but et n'avait pas l'intention de perdre l'avantage.

— Ne dites pas ça. En tout cas, vos photos seront fantastiques, vous verrez.

— Tss… tss… Sauf si vous faites encore tomber votre appareil photo.

Sam sentit la moutarde lui monter au nez.

— Il n'y a aucun risque. Voulez-vous aller à l'autre bout du canapé ?

Stella pivota sur elle-même et s'exécuta. Ses seins s'écrasèrent contre le dossier du canapé.

— Bon, si vous êtes sûr de vouloir savoir ce qui me détendrait vraiment…, commença-t-elle d'une voix mutine et charmeuse.

Evidemment qu'il en était sûr ! eut-il envie de crier, tout en réprimant à grand-peine son envie de se précipiter vers elle et de la dénuder, pour couvrir son corps de baisers enflammés.

Elle cambra le dos tandis que le déshabillé remontait haut sur sa cuisse. Elle esquissa un sourire insolent en le toisant des pieds à la tête.

— Eh bien… Il n'y a rien de tel qu'un orgasme… Mais ils sont trop rares pour en parler. Ce n'est pas comme le chocolat. Là, au moins, je n'ai jamais été déçue.

Sam se figea. Quelques gouttes de sueur perlèrent sur ses lèvres et il aurait encore lâché son appareil s'il ne s'était ressaisi à temps. Il pensait qu'elle aurait mentionné le point de croix, ou un bon livre à lire avant de s'endormir.

— Oh, j'ai encore réussi à vous choquer ! s'écria-t-elle avec un rire de gorge qui exacerba son désir.

Elle semblait si contente d'elle-même que Sam dut se retenir pour ne pas rire.

Il grimaça un sourire et se sentit rougir. Il baissa la tête et se passa lentement une main sur le visage.

— On dirait que oui.

— Je n'arrive pas à croire que c'est moi qui ai dit ça ! s'écria-t-elle, les joues rosies d'embarras. Je suis désolée. Ces derniers temps, je fais un tas de choses qui ne me ressemblent pas.

— Bon, alors réservez-vous pour les dernières poses. Ce rouleau est terminé. Il reste encore une tenue, je crois ?

— Oui, la dernière. J'arrive tout de suite.

La dernière. Dieu merci ! Ensuite elle s'en irait et il oublierait cette histoire de « coup de foudre »… Il ne risquerait plus de compromettre sa réputation, voire son avenir professionnel, par un acte inconsidéré.

Il ne répondait plus de rien si cette séance de torture ne s'achevait pas au plus vite. Voilà plus d'une heure qu'il luttait contre ses hormones, et il commençait à se demander si la bataille n'était pas perdue d'avance. Or il était hors de question qu'il la perde.

Stella se dépêcha d'enfiler un caraco en satin rose sans prendre le temps de se regarder dans la glace. Sa pudeur risquait de tenter une percée et elle ne voulait pas perdre le terrain conquis. Et même si elle ne se sentait pas à l'aise dans cette tenue, cela n'avait plus rien à voir avec cette affreuse sensation de claustrophobie où la plongeaient habituellement ses angoisses.

Discuter avec Sam avait été un excellent dérivatif, au point qu'elle en avait oublié ses complexes. En la faisant parler, Sam l'avait forcée à sortir de sa coquille et à s'épancher, ce dont elle ne se serait jamais cru capable. Elle sentit le rouge de la honte lui monter aux joues. Qu'est-ce qui lui avait pris d'évoquer ses orgasmes ? A croire qu'elle avait perdu la tête en suivant ses penchants au lieu de les réprimer. Changer de comportement ne signifiait pas forcément en arriver à de telles extrémités.

Mais pourquoi pas, après tout ? Les confidences qu'elle avait faites à cet homme n'avaient aucune espèce d'importance. Voilà des années que sa vie privée s'étalait au grand jour. Avec le temps, elle avait fini par s'y habituer. Au fond, c'était plutôt salutaire, décida-t-elle avec un petit sourire.

D'autant qu'elle ne reverrait jamais plus Sam Martelli, songea-t-elle avec un curieux pincement au cœur qu'elle refréna aussitôt. Elle le prierait de lui envoyer ses photos par la poste. Ses paroles, ses faits ou gestes ne prêtaient donc absolument pas à conséquence. Et puis, elle s'était juré de ne plus rien avoir à faire avec les hommes. Alors un petit flirt innocent ne signifiait rien, n'est-ce pas ?

Elle avait bel et bien exploité la fâcheuse attirance qu'elle éprouvait pour Sam à son profit et s'était sentie tout émoustillée en cherchant à le provoquer. Cet homme était une œuvre d'art ambulante. Il se mouvait avec une grâce féline, une incroyable économie de mouvements. Ses yeux bruns aux lourdes paupières promettaient toutes sortes de talents cachés, des visions de draps froissés et de merveilleux orgasmes. Stella se mordit la lèvre en sentant une pulsation brûlante entre les jambes. Sam lui faisait penser à un « sexe enrobé de chocolat », son fantasme.

Mais ce n'était pas vraiment le moment de se lamenter sur le désert aride que représentait sa vie sexuelle. Stella se secoua, lissa son déshabillé du plat de la main et regagna le studio.

— Où me voulez-vous, maintenant ? demanda-t-elle en remarquant que les épaules musclées de Sam se contractaient à cette question. Il leva la tête, lui jeta un rapide coup d'œil et avala sa salive.

— Au lit.

Stella se figea.

— Je vous demande pard...

— Sur le lit, s'empressa-t-il de corriger en se reprochant mentalement sa maladresse. Appuyez-vous contre le montant du lit, voulez-vous ?

— Entendu.

Troublée, Stella enlaça le barreau dans la position la plus sexy qu'elle pût trouver. Rassurée, elle vit Sam prendre quelques clichés et se dit qu'elle avait réussi l'épreuve.

— Parfait. Maintenant, sur le lit.

Elle le regarda, intriguée. Etait-ce une impression, ou était-il pressé ?

— Euh… d'accord. N'importe où ?

Il ne se donna même pas la peine de relever la tête.

— Adossez-vous aux coussins.

Stella arrangea quelques oreillers dans son dos, posa la tête dans sa main et replia les jambes. Le lit était divin. Il n'avait pas lésiné sur le confort. Elle s'allongea langoureusement et sourit. Sam avança de quelques pas en pressant à répétition sur le déclencheur.

— C'est magnifique. Absolument magnifique. Ne bougez plus…

Stella tressaillit. Encore un compliment qu'il avait laissé échapper. Aussi étonnant que cela puisse paraître, elle se sentait désirable et pas gênée le moins du monde. Elle roula sur le dos, posa la joue sur l'oreiller et l'observa, les yeux mi-clos.

Seigneur qu'il était beau ! Elle considéra sa mâchoire carrée, la fossette qu'il avait au menton, ses mains qui manipulaient l'appareil avec une telle précision qu'elle les imaginait explorer chaque parcelle de son corps. Elle se mordit la lèvre et ferma les yeux tandis qu'une vague de désir déferlait dans son ventre.

— Génial… Encore un peu.

Il la mitrailla encore et encore jusqu'à la fin de la pellicule qui se rembobina avec un léger déclic. La séance était finie.

Stella se redressa à contrecœur en étouffant un soupir de regret. Juste quand elle commençait à se prendre au jeu…

— O.K., dit-il sans lever le nez de son appareil. Les photos seront prêtes dans un jour ou deux, et vous pourrez sélectionner celles que vous voulez garder. Ça vous va ?

demanda-t-il en se décidant enfin à lever les yeux pour la regarder.

Assez de torture comme ça, décida Stella. Elle était allée jusqu'au bout et elle s'en était plutôt bien tirée. C'était un grand pas en avant, mais elle en avait assez fait. D'autant qu'elle ne se voyait pas en train de regarder ses photos en compagnie de cet homme. C'était beaucoup trop intime.

— Pourriez-vous me les poster ?

Il cilla, interloqué.

— Euh… bien sûr. Si c'est ce que vous désirez.

Stella hocha la tête.

— Merci. Vous avez été sensationnel.

Elle désigna le couloir.

— Le temps de me changer et je reviens vous régler et vous donner mon adresse.

Il acquiesça, l'esprit apparemment ailleurs.

— D'accord.

Stella s'apprêtait à se relever quand tout devint noir.

— Oh ! Qui a éteint la lumière ?

Sam jura entre ses dents.

— Ne bougez pas. L'immeuble est en travaux. Quelqu'un a dû couper le courant par erreur. Je vais voir. J'essaierai de trouver un moyen d'éclairer en attendant.

Elle entendit les pieds nus de Sam glisser sur le parquet et se prépara à attendre tranquillement quand, du coin de l'œil, elle remarqua quelque chose qui la glaça d'effroi.

Aucune lumière ne brillait derrière les baies vitrées. C'était la nuit noire. En temps normal, elle aurait dû apercevoir l'océan des toits de Memphis, mais toute la ville était plongée dans les ténèbres.

— Sam ? appela-t-elle.

— J'arrive. Je cherche une torche électrique.

Quelques secondes plus tard, un faisceau de lumière troua l'obscurité.

— Mauvaises nouvelles, annonça Sam avec une grimace d'excuse. On dirait que le groupe électrogène est en panne. Il va falloir attendre.

— Attendre ?

— Oui. L'ascenseur ne marche évidemment plus et les escaliers, y compris l'escalier de secours, sont condamnés car ils sont en réfection à cause des travaux de l'immeuble. Mais je pense que ce sera réparé dans quelques minutes.

Il avait l'air si confiant que Stella se dit qu'il ne s'était aperçu de rien.

— Ne vous en faites pas, reprit-il, en se méprenant sur son silence. C'est déjà arrivé une ou deux fois depuis le début des travaux. Les électriciens sont très capables. Ils vont arranger ça en deux temps, trois mouvements.

Pas d'escalier et pas d'issue de secours ? Elle était prisonnière ici. Quelle angoisse ! Elle n'avait jamais su résister à la tentation. D'où ses régimes chroniques, d'ailleurs. Or Sam Martelli était la tentation avec un T majuscule.

— Ils ont intérêt à l'être, en effet, s'ils doivent rétablir l'électricité dans toute la ville.

— Comment ?

— Regardez par la fenêtre, dit Stella d'une voix suraiguë. C'est tout noir dehors.

Elle l'entendit se retourner.

— Non ! Ce n'est pas possible, murmura Sam d'une voix sinistre.

— C'est tout à fait mon avis, approuva Stella.

— Nous sommes coincés ici.

— Oui, je l'avais compris.

Il s'approcha de la fenêtre.

— Dieu seul sait combien de temps ça va leur prendre pour réparer. Ce doit être un transformateur électrique ou un poste de livraison. Ça peut durer toute la nuit, qui sait ? ajouta-t-il d'une voix sans timbre, comme s'il se trouvait dans le fauteuil d'un dentiste.

— C'est une évidence, commenta Stella, troublée.

Pourquoi avait-il une voix si contrariée ? Elle n'y était pour rien, après tout. Ce n'était quand même pas sa faute si elle était bloquée ici, avec lui.

Ses sarcasmes semblaient l'avoir piqué à vif, car il étouffa un juron avant de revenir vers le lit.

— Désolé, dit-il. Je réfléchissais tout haut. Voulez-vous m'accompagner de l'autre côté de l'appartement ? Je vais dénicher quelques bougies et il ne nous restera plus qu'à… attendre.

Bon, elle n'avait pas le choix. Elle sauta du lit et se heurta à un corps dur, chaud et… délicieusement troublant. Sam tressaillit et elle crut vraiment l'entendre grincer des dents. Il lui sembla qu'il mettait une éternité à reculer, et elle se surprit à espérer qu'il y mette plus de temps encore, tandis qu'une foule de pensées audacieuses lui traversait l'esprit.

Soudain, elle comprit qu'il était tout aussi troublé qu'elle, et un sourire sensuel étira ses lèvres.

Car à la réflexion, y avait-il un meilleur moyen de passer le temps, dans le noir, qu'en compagnie d'un homme aussi séduisant ?

4.

Sam guida Stella dans le salon avec un curieux mélange de désespoir et de désir insensé. Un doigt glissé dans le passant de sa ceinture, elle lui emboîta le pas sans mot dire. Il avait dû la blesser par son manque de tact, à moins qu'elle n'ait compris la raison de sa brutalité, face à l'éventualité de se retrouver enfermé ici avec elle pour Dieu savait combien de temps.

Fragilisée comme elle l'était — et il se détestait de devoir en rajouter —, il espérait toutefois que, l'ayant rangé dans la catégorie des enquiquineurs, elle n'avait pas décelé le vrai motif de sa panique.

Mais à la pensée de passer toute la nuit avec cette femme presque nue, dans le noir... le souffle lui manqua.

Pour des raisons qu'il se refusait à approfondir, cette idée lui était presque insupportable. Insurmontable.

Les sentiments troublants que provoquait en lui cette femme le terrifiaient. Il avait l'impression d'avancer en terrain mouvant, sensation détestable, et même s'il subsistait quelques doutes dans son esprit embrumé, il refusait d'envisager l'hypothèse du « coup de foudre ».

C'était un simple problème de pulsion, un désir impérieux, primaire.

Un seul regard avait suffi pour balayer des siècles de machisme et les remplacer par le besoin aveugle, impératif de procréer, de s'accoupler.

Avec elle.

Il se faisait l'impression d'être devenu un homme des cavernes. Si elle ne partait pas sur-le-champ, il en serait réduit à pousser un grognement et à l'assommer avant de la traîner dans sa chambre.

Et ce serait la fin de tout.

Ce qui signifiait qu'elle était intouchable.

Sam étouffa un cri de frustration. Pourquoi, parmi toutes les femmes de cette ville, fallait-il que, tel un engin téléguidé, il tombe sur celle-ci ? Et quel pouvoir possédait-elle pour le transformer en obsédé sexuel, esclave de ses instincts ?

Quand elle était allée changer de tenue, Sam avait commencé à respirer. C'était la dernière. Ensuite elle partirait et tout redeviendrait normal. Il aurait peut-être encore la chair de poule, sans parler des frissons, mais cette excitation incongrue finirait bien par retomber et le laisser en paix.

Il avait crié victoire trop tôt.

A son retour, il avait failli s'étrangler, le cœur lui avait manqué.

Etait-elle nue ou avait-il une hallucination ?

De loin, dans ce caraco rose pâle, si proche de sa carnation, il avait vraiment eu l'impression qu'elle était dans le costume d'Eve. Quoique, de près, ce fût du pareil au même.

Tout simple, le vêtement dévoilait davantage son anatomie que les deux précédents. Et ce devait être l'apothéose, puisqu'elle l'avait gardé pour la fin. L'étoffe ne cachait rien de ses seins orgueilleux, épousait les courbes de ses hanches et caressait le haut de ses cuisses en révélant des jambes parfaites, étonnamment longues pour une personne de si petite taille.

Sam se doutait qu'il avait été de la dernière grossièreté en feignant de ne pas voir son adorable front, plissé de confusion. Mais il craignait si fort de perdre la tête et d'oublier ses bonnes résolutions qu'il avait décidé d'accélérer les choses et de la voir partir au plus vite avant de commettre une erreur regrettable.

Comme entreprendre de la séduire, par exemple.

Et voilà que ses efforts étaient réduits à néant et, qu'en plus, son supplice ne faisait que commencer parce qu'elle allait probablement devoir passer la nuit chez lui. Inutile d'espérer que le courant soit rétabli d'abord dans son quartier qui n'était pas prioritaire puisqu'il n'y avait pas d'hôpital ou de centre d'urgence. Non. Il ne se faisait aucune illusion. Il n'aurait pas cette chance.

Au lieu de perdre son temps à attendre un miracle, Sam décida de se concentrer sur la seule chose qu'il lui fallait adopter — la retenue. Il devrait faire appel à toute sa volonté pour ne pas la toucher.

Fort de cette décision, il la précéda dans le salon où une cheminée à gaz à effet de flammes dispensait une faible lumière et une douce chaleur. Il se promit de remercier son père pour lui avoir conseillé d'équiper toute la maison au gaz — chauffage, cuisinière et eau chaude.

Heureusement que la cheminée maintiendrait assez de chaleur dans la maison. De toute façon, comme son sang était en ébullition depuis qu'il avait posé les yeux sur elle, Sam savait qu'il ne risquait pas de mourir de froid. Et puis il y aurait assez d'eau chaude pour prendre une douche et il pourrait même préparer un dîner improvisé à son invitée d'un soir. C'était déjà quelque chose.

Sam désigna le canapé avec un sourire engageant.

— Asseyez-vous donc, le temps que j'aille voir si je trouve des bougies.

Stella hocha la tête.

— Entendu.

Sam entra dans la cuisine et fouilla à tâtons dans le bric-à-brac de ses tiroirs où il finit par dénicher un paquet de bougies et une boîte d'allumettes. Cela fait, il alla chercher son radio-réveil dans sa chambre avant de retourner dans le salon. Heureusement qu'il avait pensé à y placer des piles pour parer à toute éventualité.

Il tendit la radio à Stella.

— Voyez si vous tombez sur un bulletin d'informations pendant que j'allume les bougies. Peut-être apprendrons-nous quelque chose à propos de cette panne.

— Bonne idée.

Sam en était à la dernière bougie quand elle trouva ce qu'elle cherchait et augmenta le volume.

« ... un semi-remorque s'est renversé et a percuté un poste de livraison à 17 h 37, ce soir, privant de courant presque toute la ville et provoquant de dangereux embouteillages à cette heure de pointe. Des équipes de secours ont été dépêchées sur les lieux, mais les autorités prévoient que la panne ne pourra être réparée avant demain matin, dans le meilleur des cas. La population est priée d'éviter de sortir par mesure de sécurité. Restez sur WCBX, la chaîne d'informations continues. A présent, la couleur du ciel... »

« Jusqu'au lendemain matin, dans le meilleur des cas ! » se répéta Sam, paniqué.

Il soupira. La bonne nouvelle, c'était qu'il allait lui faire l'amour.

La mauvaise nouvelle, c'était qu'il allait lui faire l'amour.

Il leva les yeux au-dessus de sa tête pour contempler la ruine de sa carrière. Résigné, il lorgna Stella du coin de l'œil et se força à sourire.

— Bon, mettez-vous à l'aise. Puis-je vous offrir à boire ?

Plongée dans ses pensées, Stella lui rendit distraitement son sourire.

— Non, merci, pas pour le moment.

— Et que diriez-vous d'une couverture ?

Il faillit lui suggérer d'aller se changer, mais cédant à des considérations purement égoïstes, il se ravisa. Comme elle n'avait pas l'air d'y penser, il espéra perfidement que l'idée ne lui viendrait pas à l'esprit. Au point où il en était, autant faire durer le plaisir.

— C'est très aimable, merci.

Sam tira un édredon de dessous le canapé et le lui offrit. Ses devoirs d'hôte accomplis, il s'installa à côté d'elle, croisa les doigts sur son ventre et soupira en silence. Dans l'âtre, les flammes factices projetaient des ombres dansantes sur les murs et le parquet, tandis que la lueur diffuse des bougies, trouant l'obscurité, conférait à la vaste pièce une chaude intimité. Les sens en ébullition, il loucha vers la jeune femme, assise à ses côtés.

La chevelure blonde de Stella brillait et ondulait comme un être vivant dans les reflets changeants des flammes. Dans la lumière dorée et son caraco quasi transparent, elle ressemblait à une nymphe, une fée, et paraissait encore plus belle et fragile. Le cœur de Sam battait la chamade dans sa poitrine, son poil se hérissa, son crâne le picota une fois de plus et son sexe sembla tout à coup doué d'une vie propre, comme s'il voulait s'élancer vers elle, telle une baguette de sourcier.

Il ravala un juron et se creusa la tête pour relancer la conversation. Le silence n'était pas vraiment pesant — il fallait dire que tous deux étaient encore un peu groggy pour se sentir gênés — mais il devait trouver un dérivatif à cette faim insatiable.

Sam se massa la nuque.

— Vous… vous m'avez dit que, ces derniers temps, vous agissiez d'une manière qui ne vous ressemblait pas. Y a-t-il autre chose, mis à part cette séance de photos ?

Stella se tourna vers lui avec un sourire.

— Eh bien, pour commencer, je me suis offert une semaine de congé.

— Est-ce si inhabituel ?

Elle eut un petit rire.

— Absolument. Je n'ai pas pris une seule journée depuis trois ans, ni pour maladie ni pour des vacances. Elle lui jeta un long regard, les yeux pétillants. Au grand dam de mon équipe, qui est très capable, je veux m'assurer moi-même que tout dans le catalogue, je dis bien tout, jusqu'au plus petit détail, est parfait avant la sortie.

Elle souffla pour repousser une mèche rebelle qui lui barrait le visage.

— Je suis peut-être maniaque, mais il porte ma signature, donc il doit être impeccable.

Il sourit. Ainsi, une autre rumeur la concernant se révélait vraie. Il avait entendu parler de sa méticulosité, et il en avait été impressionné. C'était grâce à son esprit de détail porté jusqu'à la minutie que son entreprise était compétitive.

— Alors vous vous êtes offert une semaine de liberté ? reprit Sam. Apparemment, vous en aviez besoin. Avez-vous des projets particuliers ?

Elle partit d'un rire amer et le considéra par-dessous ses longs cils baissés.

— Aucun, en dehors de réexpédier les cadeaux de mariage à Roger pour qu'il se débrouille avec quand il rentrera de *ma* lune de miel.

Sam cilla.

— Aïe !

— Je sais, approuva Stella en tripotant le liseré de la couverture. Mon personnel a beau être persuadé du contraire, je vais très bien. Vraiment, ajouta-t-elle en surprenant son regard sceptique. Aujourd'hui, c'était un jour sans, voilà tout, parce que j'ai appris la vérité à propos de Roger et de Wendy, en plus du vol de la lune de miel.

Elle fronça les sourcils, l'air consterné.

— J'étais hors de moi, vous comprenez. J'ai quand même passé des semaines à organiser ce voyage, sans parler du fait que c'est moi qui l'ai payé ! Je crois donc être en droit d'être contrariée, conclut-elle en esquissant un petit sourire, un peu cynique, et de gérer cette affaire à ma façon.

Intrigué, il se demanda ce qu'elle avait bien pu faire pour « gérer » cette situation. Qu'aurait-il fait, lui ?

— Et qu'avez-vous fait ?

— Eh bien, comme je vous l'ai dit, je me suis mise en congé jusqu'à la fin de la semaine, et puis je suis allée chez Roger et j'ai saccagé son jardin.

Elle avait énoncé cette phrase si tranquillement que Sam mit une bonne seconde avant de l'assimiler.

— Pardon ? dit-il, bouche bée.

Elle éclata de rire devant son expression ahurie.

— J'ai saccagé le jardin de Roger.

— Mais comment ?

— Avec du désherbant.

Il haussa le sourcil.

— En hiver ?

Elle opina de la tête.

— Roger a une pelouse qui reste verte toute l'année. Son gazon est une variété des plus chères, et il en est très fier, précisa-t-elle.

Sam se mordit la lèvre pour ne pas sourire.

— Et vous l'avez pulvérisée ?

— Non, pas entièrement, juste une partie.

— Une partie ? répéta Sam, intrigué. Je donne ma langue au chat. Laquelle ?

Elle se mordit la lèvre et lui lança un regard en coin.

— Oh, presque rien. Là où j'ai écrit « salaud » avec le désherbant.

Abasourdi, Sam éclata de rire.

— Voilà qui est diabolique, madame Delaney. J'espère ne jamais devenir votre ennemi.

Elle haussa les épaules.

— Vous n'avez pas de pelouse, que je sache.

— Non, mais j'aime bien mon cactus, là-bas dans le coin.

Un ange passa.

— Je sais que c'est puéril, mais je n'ai pas pu m'en empêcher, avoua Stella. Et puis je me suis sentie beaucoup mieux après. J'ai failli lui dérober aussi quelques-unes de ses roses anciennes, mais j'ai changé d'avis.

— Ah... vous n'étiez pas prête à ajouter le vol à la liste de vos méfaits.

Elle secoua la tête en souriant.

— Pas encore, j'en ai peur, soupira-t-elle. Alors à votre avis ? Vous pensez qu'ils vont réparer la panne plus tôt que prévu ?

Sam grimaça.

— J'en doute. Je crois même qu'ils sont un peu trop optimistes dans leurs estimations. Mais je suppose que ça dépend de l'ampleur des dégâts.

— Et j'imagine qu'un semi-remorque peut en faire, des dégâts.

— Bon, il ne nous reste plus qu'à écouter la radio. Il y a des flashes réguliers. En attendant, nous n'allons pas nous laisser abattre. Avez-vous faim ? Je peux vous préparer quelque chose, si vous voulez.

— Vous pouvez faire la cuisine malgré la panne ? Mais comment ?

— J'utilise un chouette gadget qu'on nomme une gazinière. C'est absolument fabuleux, vous devriez voir ça, je vous assure : quatre brûleurs tous plus...

— Je sais ce qu'est une gazinière, merci, l'interrompit-elle en riant. Je me demandais seulement comment vous alliez vous débrouiller sans électricité.

— Elle marche au gaz, comme son nom l'indique.

— Ah ! lâcha-t-elle, le regard moqueur. Les bougies, la cheminée et la gazinière. Toujours prêt. Un vrai boy-scout, hein ?

Qui gardait une boîte de préservatifs dans le tiroir de la table de chevet, elle ne croyait pas si bien dire, songea

Sam en le regrettant aussitôt. Des préservatifs, il pensa au sexe, et de là à lui faire l'amour, il n'y avait qu'un pas. Il se vit plonger dans le creux velouté de ses cuisses, vision qui lui brûla les rétines.

— Peut-être bien, répondit-il sur le même ton. Mes omelettes sont fameuses. Qu'en dites-vous ?

L'estomac de Stella gargouilla.

— Vous avez la réponse, dit-elle avec un sourire embarrassé.

— On dirait. C'est le genre fourre-tout, je vous préviens. Ça vous ira ?

Elle fronça les sourcils.

— Fourre-tout ?

— L'omelette. J'y fourre tout ce qui me tombe sous la main.

— Oh, ça m'a l'air excellent. Je peux faire quelque chose pour vous aider ?

Sam se leva et s'empara de la lampe électrique.

— Non merci, il ne vaut mieux pas. Tâtonner à l'aveuglette dans ma cuisine pourrait s'avérer dangereux.

A plus d'un titre, eut-il envie d'ajouter, alors qu'une autre vision traversait son esprit enfiévré : tous deux faisant des galipettes sur le sol de la cuisine.

— En attendant, installez-vous confortablement et détendez-vous. Je reviens dans une sex... une seconde, se reprit-il avec un petit rire contrit en se précipitant vers la cuisine.

Sam posa la lampe de poche sur la table de la cuisine, rouge de confusion. Seigneur ! Quel lapsus ! Que lui arrivait-il ? Comment cette femme s'y prenait-elle pour le désarçonner ? D'accord, il avait déjà commis quelques bourdes par le passé. Mais là… Il respira un bon coup. Là, c'était le bouquet.

Entre ses désagréments physiques, sa stupéfiante maladresse quand il avait lâché son appareil et cet effroyable lapsus, il ne se reconnaissait plus. Un lourdaud maniaque dont le sexe était perpétuellement au garde-à-vous. Dire qu'il se prenait pour un professionnel, plein de charme et de tact ! Oui, mais pas aujourd'hui, mon vieux, lui susurra une petite voix sarcastique.

Sam se renfrogna. Il s'appuya contre la paillasse de l'évier et enfouit ses mains dans ses cheveux pour réfléchir aux conséquences de sa bévue. « Bien joué, Martelli, se dit-il avec un rire sans joie. C'est ce que tu appelais garder les choses sur un plan purement professionnel ? »

En tout cas, si elle n'avait pas encore saisi ce à quoi elle s'exposait en passant la nuit sous son toit, c'était chose faite. Et à moins de se mettre nu devant elle, il n'aurait pu être plus clair quant à ses intentions. Il aurait fallu être stupide pour ne pas comprendre, et Stella Delaney était loin de l'être. Sauf si elle avait eu une absence, mais ce n'était pas la peine de rêver.

Tout comme, songea-t-il non sans ironie, il était également inutile d'espérer lui résister.

Il venait de renvoyer la balle dans le camp de Stella, et il ne lui restait plus qu'à attendre de voir sa réaction. Compte tenu de la dure journée qu'elle venait de passer et de sa subite fascination pour l'inédit, il ignorait s'il devait être excité… ou terrifié. Probablement les deux, songea-t-il.

En entendant le lapsus de Sam, Stella avait senti son cœur se gonfler, et tandis qu'elle le regardait battre précipitamment en retraite, elle ne put se retenir d'afficher un sourire mutin.

Ainsi, elle ne s'était pas trompée, se dit-elle, les yeux fixés sur la porte par où il avait disparu. Elle ne prenait pas ses désirs pour des réalités : il avait envie d'elle. Quelle heureuse coïncidence... parce que l'envie était partagée. Un délicieux sentiment d'attente l'envahit et son ventre en palpita d'excitation.

Depuis l'instant où elle avait buté contre son torse magnifique, quand la panne de courant était si heureusement survenue, Stella se demandait si le destin ne lui avait pas ménagé l'occasion d'accomplir cette chose inouïe dont elle ne se serait jamais crue capable — une aventure avec *lui*.

A cette pensée, une onde de chaleur la traversa. Elle avait toujours péché par excès de prudence et toujours agi raisonnablement. Pour ce qu'elle y avait gagné !

Car c'était une autre femme qui en récoltait les fruits et profitait de la lune de miel que Stella avait si minutieusement programmée.

C'était une autre femme qui accompagnait l'homme avec qui elle avait cru passer le reste de son existence.

Une femme qui n'aurait pas à se préoccuper de retourner les cadeaux de mariage, ni le service de porcelaine, pesta Stella. Elle en aurait pleuré de rage.

Non, cette femme n'avait pas à se soucier de décommander le traiteur, de sauver la face ni de vieillir seule. Elle n'aurait pas non plus à envisager l'hypothèse de devenir lesbienne. Non, apparemment c'était à elle que ce destin était réservé. Elle serra les lèvres d'exaspération.

Mais plus maintenant.

En tout cas, pas cette nuit.

Au moins avait-elle appris que céder à ses impulsions était la meilleure des thérapies. Elle avait adoré jouer ce méchant tour à Roger et elle s'était bien défoulée en racontant à Sam les vilaines choses qui lui passaient par la tête.

Ainsi, au lieu de réprimer ses penchants, elle serait sans doute bien mieux inspirée de les suivre et d'oublier toute prudence. Pour le moment. A vrai dire, elle n'était pas certaine d'avoir les nerfs assez solides pour supporter un tel bouleversement de ses habitudes, mais, aujourd'hui, elle s'en souciait comme d'une guigne. Et puis c'était si excitant, si exaltant de faire ce dont elle avait envie !

Et l'amour avec Sam Martelli appartenait sans nul doute à cette catégorie.

En repensant à son corps musclé, admirablement proportionné, elle sentit le désir lui contracter le ventre et frémit d'anticipation. Elle passa la langue sur ses lèvres. Cette somptueuse anatomie, associée au talent qu'il devait posséder, elle en était certaine, promettaient un flot de sensations plus inouïes les unes que les autres. Des souvenirs torrides dont elle se souviendrait toute sa vie.

Stella lâcha un soupir, tiraillée par l'indécision. Les brèves liaisons, les nuits d'amour sans lendemain, ce n'était pas son genre. Elle n'avait jamais choisi à la légère le partenaire avec qui partager son cœur et son corps, estimant que les rencontres de hasard avaient quelque chose d'indécent. Un acte aussi intime pouvait-il être occasionnel ? Elle n'avait jamais été tentée d'essayer mais, pour être honnête, elle n'avait pas non plus rencontré un homme qui lui fasse perdre la tête au point de se donner à lui sans plus réfléchir à rien.

Jusqu'à maintenant.

A la minute où elle l'avait aperçu, elle avait soupçonné que Sam Martelli était le genre d'homme à faire perdre la raison à une femme. Elle avait eu envie de lui instantanément. Une envie folle. On aurait dit qu'une source vive de pur désir, de besoin primaire, inaltéré, avait libéré un geyser de sexualité, balayant toutes les inhibitions sur son passage.

Le motif et les moyens lui avaient quasiment été servis sur un plateau. Cette nuit, elle se retrouvait coincée dans un loft romantique en compagnie du plus superbe spécimen de la gent masculine qu'elle eût jamais vu, alors qu'elle était si près d'entamer une nouvelle existence d'où les hommes, ces casse-pieds, étaient définitivement exclus. Au moins jusqu'à ce qu'elle recouvre la raison et puisse se fier à son jugement.

Mais personne n'avait dit qu'elle devait commencer à la minute, n'est-ce pas ?

Au fond, une autre occasion de faire une entorse à ses principes en s'offrant un innocent petit flirt ne se présenterait peut-être pas de sitôt. Sam Martelli était le partenaire idéal, et puis, il ne risquait pas de lui briser le cœur, qu'elle n'avait du reste aucune intention de lui offrir. Non, elle l'envisageait plutôt comme une thérapie. La plus agréable des thérapies...

Stella laissa cette idée faire son chemin dans sa tête.

Son pouls s'accéléra quand elle comprit qu'elle avait fini de réfléchir et que sa décision était prise, et elle se sentit frémir de désir anticipé tandis qu'elle fixait la porte par où Sam avait disparu. Elle entendit Sam s'activer dans la cuisine et le beurre grésiller dans la poêle.

D'ici quelques minutes, il viendrait la retrouver, ils dîneraient et ils auraient ensuite toute la nuit devant eux. Ils parviendraient bien à se mettre d'accord sur quelque chose d'intéressant à faire pour s'occuper. Stella eut un haussement d'épaules involontaire et ses lèvres s'incurvèrent en un demi-sourire.

Elle avait la nette impression que Sam Martelli serait la meilleure des thérapies, bien plus efficace que n'importe quelle vengeance. Une thérapie sexuelle avec ce type, qui était visiblement pourvu de tout ce qu'il fallait pour la satisfaire, ressusciterait sans aucun doute son ego défaillant. Et puis ce serait amusant ! Pourquoi se priver d'une nuit de plaisir, sans inhibition ni complication ni lendemain, dans l'obscurité qui plus est, avec un Apollon débordant de sensualité ?

Un sourire félin s'épanouit sur ses lèvres. Vu sous cet angle, la question ne se posait pas. Elle avait été une petite fille modèle toute sa vie. Elle méritait bien une récompense.

5.

— Que voulez-vous boire ? proposa la voix désincarnée de Sam depuis la cuisine. Je peux vous offrir de l'eau, du lait, un soda ou de la bière.

— De la bière, répondit Stella.

Ce breuvage ne s'harmonisait pas forcément avec l'omelette, mais un peu d'alcool l'aiderait à reprendre du poil de la bête, elle avait bien besoin d'un remontant.

Sam lâcha un soupir théâtral.

— Ah, une femme selon mon cœur ! s'enthousiasma-t-il de sa voix sensuelle.

Il reparut quelques secondes plus tard avec deux Heineken calées sous son bras, et deux assiettes fumantes contenant chacune une omelette baveuse qu'il déposa sur la table basse. Il n'avait pas exagéré quand il avait parlé de fourre-tout, songea Stella, impressionnée. Du fromage, des lardons, des champignons et des poivrons, coupés en dés, garnissaient le rebord de l'assiette. Un véritable régal pour la vue et l'odorat.

— Ça a l'air délicieux, merci, dit Stella avec un sourire de gratitude.

Sam lui rendit son sourire et lui tendit une bière.

— Je vais chercher les couverts et les serviettes, annonça-t-il en tournant les talons pour se diriger vers la cuisine. Stella en profita pour l'observer à loisir.

Sam Martelli était aussi époustouflant de dos que de face. Ses boucles châtain foncé retombaient sur sa nuque sexy, étrangement vulnérable, jusqu'au col de sa chemise. Il avait d'impressionnantes épaules et le léger coton de sa chemise laissait deviner les muscles longs et fuselés, ainsi que le tracé délicat de sa colonne vertébrale.

Elle en avait la bouche sèche. Et comme si ce n'était pas suffisant, il possédait, en plus, les plus belles fesses du monde.

Fermes, parfaitement proportionnées, qu'elle brûlait de dénuder et d'empoigner à pleines mains. Et de mordiller du bout des dents.

Un drôle de frémissement s'empara de son ventre et se logea entre ses cuisses. Une onde d'excitation la traversa des pieds à la tête, la laissant pantelante. Elle le voulait. Un besoin brutal, dévastateur, irrationnel, dont elle ne se souvenait pas avoir jamais connu d'équivalent.

Sam Martelli était un fantasme ambulant qui satisferait les envies les plus secrètes de n'importe quelle femme. La virilité à l'état pur, combinée à une sensualité torride. De ses lèvres pleines à sa démarche souple de grand fauve, toute sa personne irradiait les promesses érotiques les plus folles. Même son loft était un véritable enchantement pour les sens. Ses goûts voluptueux, son tempérament hédoniste semblaient imprégner l'air. C'était un épicurien, un jouisseur, elle en était sûre, et il lui démangeait d'expérimenter tout ce qu'il pourrait partager avec elle.

— Voilà, dit Sam en revenant vers elle. Les couverts, les serviettes, le sel et le poivre. Je n'ai rien oublié ?

Stella secoua la tête.

— Non, on dirait qu'il ne manque rien.

Visiblement très content de lui, Sam acquiesça et dressa la table.

— Alors, on peut attaquer.

Stella avala une première bouchée qui confirma son hypothèse. Cet homme était un véritable cordon-bleu. Elle l'aurait parié.

— C'est absolument fantastique, commenta-t-elle avec un sourire approbateur.

En le regardant avaler une rasade de bière avant de répondre, Stella ressentit un frisson d'excitation courir le long de son échine.

Une lueur de malice au fond des yeux, Sam afficha un grand sourire.

— Merci. En fait, j'adore faire la cuisine, c'est excellent contre le stress. Et puis c'est indispensable. C'est ça ou mourir de faim. Du coup, j'ai pensé qu'il valait mieux que j'apprenne.

Stella songea qu'il devait appliquer cette philosophie à tous les compartiments de sa vie. Impressionnée, elle découpa un gros morceau d'omelette qu'elle savoura avec délices.

— J'aime cuisiner, moi aussi… du moment que je peux me servir d'un micro-ondes !

Elle réprima un petit rire.

— Je ne suis pas Martha Stewart, la reine du talk-show, j'en conviens. Je ne sais pas fabriquer un pot-pourri, des décorations de fête ou ranger mes vêtements par couleur. Je ne jure que par le micro-ondes et la pâte feuilletée prête à l'emploi. Disons que je suis une handicapée domestique.

Elle lui décocha un regard narquois.

— Heureusement que la couture m'a empêchée de me faire recaler en travaux manuels.

Sam haussa les sourcils.

— La couture ?

— Oui, répondit Stella avant de s'essuyer les lèvres avec sa serviette. J'étais archi-nulle en cuisine et incapable de gérer ou de tenir une maison en général. Et j'ai même cassé mon bébé œuf à trois reprises jusqu'à ce que Mme Hunter décide que j'étais un cas désespéré et refuse de m'en donner un autre. Je...

— Un bébé œuf ?

Stella leva les yeux et croisa le regard ahuri de Sam.

— Oui. Un bébé œuf. On nous confiait des œufs dont nous devions nous occuper comme si c'étaient des bébés. Le but était de nous donner le sens des responsabilités. Les œufs étaient fragiles, comme les bébés, et on devait en prendre le plus grand soin. Nous devions les emmener partout avec nous, respecter des horaires stricts pour les nourrir ou les changer, et tout le tintouin ! On devait même engager une baby-sitter si on voulait sortir.

Sam désigna son assiette de la pointe de son couteau.

— Avez-vous l'impression d'être cannibale ?

— Non, soupira Stella d'un air faussement abattu. Je n'ai jamais réussi à en conserver un assez longtemps pour m'y attacher.

Stella le regarda serrer ses lèvres magnifiques pour ne pas rire.

— Parce que vous le cassiez ?

— Oui.

— Bon, jusque-là, je vous suis. Et la couture ?

Stella avala la dernière bouchée et repoussa son assiette. Repue, elle se carra au fond du canapé.

— J'étais forte, très forte même, expliqua-t-elle avec un doux sourire. C'était d'ailleurs pratiquement la seule discipline où j'excellais. J'étais capable de reproduire n'importe quel modèle. J'adorais ça, c'était très gratifiant d'avoir enfin trouvé quelque chose dans quoi j'étais douée. J'ai tout de suite su ce que je voulais faire plus tard.

Elle lui adressa un sourire qui le fit fondre aussitôt.

— J'ai peut-être tué quelques bébés œufs, ajouta-t-elle avec un petit rire, mais Laney's Chifferobe a vu le jour dans cette classe et, pour ça, je serai éternellement reconnaissante à Mme Hunter. Elle prenait le temps de m'encourager et elle m'a poussée dans la bonne direction. Elle était vraiment spéciale.

— J'ai eu un professeur comme ça, moi aussi, remarqua Sam.

— Ah oui ?

— Elle s'appelait Mme Farris. En première et en terminale, je participais à la rédaction du répertoire annuel du lycée. J'ai toujours adoré prendre des photos, mais elle a été la première à croire en mon talent. J'avais réalisé de très bons clichés des pom-pom girls, par exemple, et…

— Eh bien, pour une surprise, c'est une surprise ! s'esclaffa Stella.

Une lueur de gaieté dansa dans les yeux charmeurs de Sam. Il haussa les épaules.

— Je suis un homme, que voulez-vous ! Jusque-là, mon appareil, c'était pour m'amuser et la photo n'était pour moi qu'un passe-temps. Mais je crois que c'est la confiance qu'elle avait dans mes capacités qui a tout déclenché. Vous connaissez la suite.

Le cadre qui trônait au-dessus de la cheminée attira soudain l'attention de Stella. Le portrait craché de Sam en plus âgé et une femme au doux visage et à la chevelure poivre et sel se regardaient tendrement. On aurait dit que la photo, en noir et blanc, avait capturé un instant privilégié du couple, la quintessence de leur amour.

— Vous êtes très doué, commenta Stella, sincère.

Elle eut un pincement au cœur en songeant à tout ce qu'elle ne posséderait apparemment jamais. Un foyer. Deux beaux bébés aux grands yeux. Une Range Rover, une poussette...

Sam suivit son regard.

— Ce sont mes parents.

— Je m'en doutais. Vous ressemblez beaucoup à votre père.

Il avait les mêmes yeux sombres, expressifs.

— Nous lui ressemblons tous, ajouta-t-il en avalant une grosse bouchée d'omelette. J'ai trois frères, deux aînés et un plus jeune.

— Et pas de sœur ?

— Non. Ma mère disait qu'il y avait trop de testostérone dans la maison.

— Je vois, approuva Stella, incapable d'imaginer tous ces hommes et cette femme vivant sous le même toit. Chez nous, c'était le contraire. J'ai deux sœurs plus âgées.

Elle pouffa.

— Mon père se plaignait d'une overdose d'œstrogènes et passait son temps à jouer au golf.

— C'était une sage décision. Votre famille vit ici ?

Stella secoua la tête. Elle était pratiquement orpheline. Ce qui était sans doute la raison pour laquelle elle désirait si fort fonder une famille, créer son propre nid. Elle finit sa bière et la posa dans un coin de la table.

— Mes sœurs sont toutes les deux mariées à des militaires. Pam habite en Allemagne et Renea en Alaska. Elles ont chacune trois enfants et passent leur temps sur les terrains de foot, en bonnes mères qui se respectent. Mes parents ont déménagé. Ils se sont installés dans une maison de retraite à Pensacola. Ce sont des fanatiques de bingo. Et vous ?

— Mes frères et mon père vivent ici. Ils travaillent à la Martelli Brick, l'entreprise fondée par mon grand-père qui avait émigré d'Italie. Ma mère est morte il y a deux ans, ajouta-t-il en contemplant le portrait de ses parents d'un air sombre.

Stella éprouva un élan de sympathie.

— Oh, je suis désolée.

— Ça a été plus dur pour papa, évidemment, reprit Sam. Il était fou d'elle.

Cela se voyait, songea Stella, les yeux fixés sur la photo. Elle se tut, ne sachant plus quoi dire.

— Je vais débarrasser, annonça Sam pour briser le silence pesant. Nous pourrons ensuite écouter la radio pour voir s'il y a du nouveau.

Il empila adroitement les assiettes et les bouteilles et quitta la pièce.

— Voulez-vous une autre bière ? cria-t-il de la cuisine.

— Volontiers, merci.

Stella se sentait très gênée de se faire servir, mais avait-elle le choix ? Ne connaissant pas les lieux, elle risquait de se cogner à quelque chose. Quoique, à la réflexion, si la chose en question était Sam Martelli, elle ne dirait pas non, songea-t-elle en réprimant un sourire.

Espérant capter un nouveau bulletin d'informations, Stella tâtonna pour allumer la radio, tourna par inadvertance le bouton de réglage et fut horrifiée d'entendre la vieille rengaine de George Michael *I want your sex* s'échapper des haut-parleurs. Elle eut un petit rire nerveux. Ça ne pouvait mieux tomber. Les paroles crues résumaient parfaitement ses sentiments.

Sam, qui avait choisi ce moment précis pour revenir de la cuisine, marqua un temps d'arrêt et trébucha en retournant vers le canapé.

Stella ramena ses cheveux derrière l'oreille avec un sourire embarrassé.

— Désolée. J'essayais de monter le son.

Elle finit par retrouver la station et tous deux écoutèrent le flash en silence :

« … Les équipes de secours n'ont pu rétablir le courant nulle part. Naturellement, les quartiers des hôpitaux sont prioritaires. Nous vous donnerons de plus amples informations dans nos prochains bulletins. Restez à l'écoute… »

Sam se massa la nuque.

— On dirait que la nuit sera longue, commenta-t-il avec un sourire résigné.

C'était prévisible, et il le savait, il ne tenait qu'à eux d'en faire le meilleur usage.

En ayant la confirmation que le courant ne serait pas rétabli avant longtemps, Sam vit tous ses espoirs s'envoler et sentit faiblir les bonnes résolutions qu'il avait prises concernant Stella Delaney. Il se demanda si elle s'était rendu compte que la mince bretelle de son caraco avait glissé de son épaule au cours du dîner. Il n'avait aucun moyen de le savoir.

En revanche, lui s'en était aperçu. Son sang avait réagi

au quart de tour, refluant vers la région de son entrejambe où il avait déclenché une tension incontrôlable.

Il avait gardé son assiette sur ses genoux et avait même failli faire tomber son omelette par terre en regardant Stella se passer la langue sur les lèvres. Il était si excité que c'était un miracle s'il avait réussi à conserver une attitude décente.

Mais, il avait eu beau vivre le martyre, il n'en avait pas moins bavardé avec Stella, ce qui le troublait profondément pour des raisons qu'il se refusait à approfondir. D'ordinaire, il n'aimait pas trop discuter avec une femme qu'il désirait mettre dans son lit. La conversation commençait en général par quelques allusions érotiques avant de finir sur un registre classé X, tant au niveau du dialogue que de l'action.

Mais, curieusement, Sam avait beaucoup apprécié de parler à bâtons rompus avec Stella, ce qui n'avait pas empêché ses pensées de se muer en un véritable film porno dont ils étaient tous deux les vedettes. Ce n'était guère étonnant, mais il ne savait quelle conduite adopter.

— Avez-vous froid ? s'enquit Stella, interrompant ses pensées tumultueuses.

— Non, répondit Sam, surpris. Et vous ? Voulez-vous une autre couverture ?

— Non, moi ça va, merci. C'était pour vous. Vous avez la chair de poule.

Souriante, elle se pencha pour lui masser légèrement le bras.

Sam sentit ses poils se hérisser de plus belle et ses sens réagir violemment à ce contact. Le souffle lui manqua. Une onde de chaleur lui traversa le corps, transperçant chacune de ses cellules. C'était une sensation unique. Il n'avait jamais rien éprouvé de semblable. On aurait dit qu'il était passé dans une centrifugeuse. Qui avait besoin d'électricité ou d'un groupe électrogène ? Une simple pression de ses doigts générait assez d'énergie pour éclairer l'univers, le sien, en particulier !

Son cuir chevelu recommença à le picoter et un désir dévastateur se remit à le narguer, comme s'il était doué d'une vie propre.

Les mots « coup de foudre » bourdonnèrent dans sa tête comme une mouche obstinée, mais il les ignora superbement. C'était de la lubricité pure et simple, rien à voir avec le don surnaturel des Martelli auquel il ne croyait pas. Sacrés Italiens, ils ne pouvaient s'empêcher de tout dramatiser !

— Non, non, ça va, dit Sam, agacé, en se forçant à rire. J'ai un peu froid, mais ça va passer.

Enfin, ajouta-t-il pour lui-même, ça pourrait peut-être passer si vous ôtiez vos doigts de mon bras. Et encore, ce n'était même pas sûr.

Stella finit par retirer sa main, mais, chose curieuse, il eut l'impression qu'elle s'était rapprochée de lui. L'un des deux s'était apparemment décalé, et vu l'incroyable attirance qu'elle exerçait sur lui, il n'excluait pas d'être le coupable.

Stella se rapprocha un peu plus et souleva la couverture.

— Tenez, vous voulez partager ?

Sam paniqua. C'était inévitable, il le savait, mais il hésitait encore.

— Je peux aller en chercher une autre, si vous voulez.

— Ne soyez pas stupide, lança vivement Stella en lui enveloppant les épaules.

Sam sentit son parfum, sa chaleur le submerger. Il ferma les yeux pour échapper au tourbillon de sensations qui l'envahissait. La cuisse nue de la jeune femme le brûlait à travers l'étoffe de son jean, comme du métal chauffé à blanc. Il s'entendit la remercier alors que son esprit lui hurlait qu'il devenait fou.

— Ah ! soupira-t-elle en se collant un peu plus contre lui. Voilà qui est mieux. Chair de poule ou pas, vous avez quand même la peau tiède.

Normal, quand on est en feu, se dit Sam, au bord du désespoir. Ne trouvant pas d'autre commentaire, il se contenta de sourire.

Grave erreur.

Ebloui par ses yeux verts qui le fixaient voracement et ses lèvres tentatrices, si proches, il ne répondait plus de rien.

Il avait pourtant un million d'excellentes raisons pour ne pas succomber. Elle était vulnérable, fragile. Ce qui était en soi un motif plus que suffisant pour résister à la force invincible qui les poussait l'un vers l'autre. Mais il y avait d'autres facteurs à prendre en considération — sa réputation professionnelle et son envie de travailler pour elle. La séduire anéantirait à jamais ses chances d'entrer au Chifferobe.

Sam avait beau le savoir, il avait la certitude que, cette nuit, il ferait l'amour à Stella Delaney. Il ignorait pourquoi, mais il lui semblait que c'était fatal et que la décision lui échappait.

Stella le dévisageait toujours en se passant la langue sur les lèvres. Sam en frissonna de tout son être.

— Seriez-vous médium, par hasard ? balbutia Stella.

Sam avala sa salive, fasciné.

— Non, pourquoi ?

Le doux regard vert de Stella s'attarda sur ses lèvres pendant une interminable seconde, avant de remonter pour croiser ses yeux.

— Parce que, si vous ressentez la même chose que moi, j'aimerais que vous soyez capable de lire dans mes pensées.

Sam eut l'impression que de la lave en fusion coulait dans ses veines. Inutile d'être télépathe pour comprendre ce qu'elle avait en tête, d'autant que ses pensées reflétaient exactement les siennes.

Mais il hésitait toujours, repoussant l'inévitable. Ce qui était stupide car, à la seconde où il l'avait vue, il l'avait désirée plus que l'air qu'il respirait. Il ignorait pourquoi et comment — la folie ne rimait pas avec la raison —, mais il savait que, une fois le pas franchi, il ne serait plus jamais le même. Quelque chose lui disait qu'il en sortirait transformé, irrévocablement, et cela le terrifiait.

— Lire dans vos pensées ? répéta Sam avec un petit rire dans une laborieuse tentative de gagner du temps.

— Oui.

Sam laissa glisser son regard sur la courbe de sa joue, le galbe de son cou.

— Pourquoi ?

Elle fixa sa bouche avec avidité.

— Pour que vous fassiez ce que je voudrais vous voir faire sans avoir besoin de vous le demander. Parce que vous le demander est au-dessus de mes forces et que, cette nuit, je ne veux assumer aucune responsabilité, ajouta-t-elle en fermant les yeux avec une pointe de frustration dans la voix. Cette nuit, je veux juste… conclut-elle en le suppliant du regard.

Sam sentit ses dernières défenses voler en éclats. Il effleura sa bouche du pouce et un frisson le parcourut.

— Déchiffrer vos pensées est un peu difficile. Mais je pourrais commencer par lire vos lèvres, ajouta-t-il en baissant la voix.

6.

Pendant une interminable seconde, Stella pensa qu'elle s'était trompée et que ce qu'elle avait pris pour une attraction physique n'était que le fruit de son imagination débridée. Elle avait senti le rouge de l'humiliation lui monter aux joues jusqu'à ce que le masque de froideur que Sam avait affiché au cours du dîner finisse par craquer et laisse place à la flamme qu'il avait tenté de réprimer durant la soirée.

Mais on ne jouait pas impunément avec le feu.

Retenant de justesse un soupir de soulagement, elle se fit violence pour s'empêcher de gémir quand Sam caressa ses lèvres du doigt. Elle ferma les yeux, folle de désir, et crut défaillir lorsque sa bouche effleura la sienne.

Sam poussa un gémissement en lui encadrant le visage des mains. Insistante, sa bouche captura la sienne dans un long baiser, brûlant et humide à la fois, qui la fit bouillir d'excitation. Ses seins se tendirent et son sexe fut parcouru de spasmes délicieusement impudiques.

Sam la fit pivoter et la pressa étroitement contre lui. Il plongea les doigts dans sa splendide chevelure et se mit alors à explorer sa bouche de la langue, léchant, suçant, aspirant, caressant la lèvre avant de recommencer, encore et encore.

Stella avait l'impression que ses membres se liquéfiaient et que toute pensée cohérente désertait son cerveau. Jamais encore un simple baiser ne lui avait fait un tel effet. Seigneur, comme elle le désirait ! Elle s'abandonna au tourbillon de sensations brutes qu'il déchaînait en elle. Elle le voulait, elle voulait aller au bout de son désir, voir jusqu'où cet homme la conduirait. Et à en juger par ses baisers, elle ne doutait pas qu'il l'emmènerait au septième ciel.

Extase qu'elle n'avait jamais connue et ne connaîtrait probablement plus jamais.

L'esprit embrumé par la passion, elle ne résista pas à l'envie de le toucher. Elle caressa ses joues, qu'une légère barbe rendait un peu râpeuses, l'endroit sensible derrière les oreilles et, détachant sa bouche de la sienne, elle redessina avec ses lèvres l'angle de sa mâchoire, parsema son cou de baisers, puis redescendit le long de son torse.

Sam tressaillit et gémit sous les caresses. Ses mains épousèrent ses hanches avant d'empoigner ses fesses. A ce contact, Stella fut comme électrisée et folle de joie à l'idée qu'elle avait quelque responsabilité dans son ostensible excitation. Une délicieuse onde de chaleur la parcourut, et elle sentit tout son corps se tendre de désir. Elle était prête pour lui, prête pour la nuit torride qui s'annonçait.

Sam souleva les longs cheveux de la jeune femme et se blottit au creux de son cou, déclenchant une onde de plaisir le long de sa colonne vertébrale. Quand il lui mordilla le lobe de l'oreille, son souffle tiède lui embrasa les sens, tandis que ses grandes mains expertes la caressaient, la pétrissaient, remodelaient son corps. Il avait des gestes lents, sensuels, comme si elle était un objet précieux, un cadeau qu'il voulait prendre le temps de contempler avant de l'ouvrir.

Stella en sourit de contentement.

Peut-être était-il médium, après tout...

Sam reprit sa bouche. Sa langue s'insinuait autour de la sienne, puis se rétractait, prélude à une caresse plus intime. Il l'attira plus étroitement et Stella se retrouva à califourchon sur lui, ses cuisses enserrant ses hanches étroites, son sexe humide niché contre son sexe durci. Tremblant de tous ses membres, elle se frotta avec délices à l'étoffe rêche de son jean en poussant un soupir ravi.

Quand il se pressa plus étroitement contre elle, Stella s'enflamma de désir, haletante, et crut que la terre s'arrêtait de tourner avant de basculer.

Elle devina que Sam souriait quand ses doigts habiles se mirent à effleurer ses seins ronds, provoquant sur sa peau des ondes de chaleur exquises. Les pointes sensibles durcirent et se tendirent, et elle aurait voulu que sa bouche habile se referme sur l'un de ses tétons, puis s'aventure plus bas, entre ses cuisses. Elle était sûre qu'il pourrait la faire grimper au ciel.

Ce fut le moment que choisit Sam pour se lover contre elle et empoigner ses seins à pleines mains. Et quand il entreprit d'en malaxer les boutons entre ses doigts, Stella s'abandonna à un déferlement de pures sensations et retint un cri d'extase.

— Tu es si belle ! s'écria Sam d'une voix vibrante comme de la soie sur du velours.

Stella sentit sa poitrine se gonfler de bonheur... puis faillit s'étrangler en comprenant la signification de ce compliment.

Il pouvait la voir !

Elle enfouit son visage dans le cou de Sam en ravalant un sanglot de frustration. Oh non, pas maintenant, gémit-elle intérieurement, tandis que l'aiguillon de la pudeur cherchait à dissiper les vapeurs de la sensualité où elle s'abîmait. Elle ferma les yeux. Elle n'allait pas replonger dans les affres de l'humiliation ! Elle n'était plus cette enfant replète qui se sentait rejetée, mais une adulte épanouie qui s'était débarrassée de ses kilos superflus. Elle avait tant besoin de Sam, elle désirait si fort assumer sa sexualité, ressentir de nouveau l'euphorie qu'elle éprouvait quelques secondes auparavant. Elle voulait changer, que ces moments passés avec lui soient différents.

Sam roula à l'autre bout du canapé, se releva et la souleva dans ses bras puissants.

— Et si nous continuions au lit ?

Soulagée, elle se détendit contre sa poitrine. Médium ou pas, Sam Martelli semblait capable d'anticiper ses besoins et avoir deviné qu'elle préférait se cacher dans le noir. Nul homme avant lui n'avait jamais songé à satisfaire ses désirs, et encore moins à les faire passer avant les siens. Une expérience tout à fait inédite.

Une émotion inattendue dans ce contexte — Sam n'était après tout qu'une histoire sans lendemain, n'est-ce pas ? — commença à la gagner, mais elle s'empressa de la refréner. Elle n'allait pas prendre ses rêves pour des réalités. Il se contentait de lui donner ce qu'elle voulait et vice versa. C'était un geste charitable, quoique pas complètement altruiste.

Ce qui n'était pas plus mal, étant donné qu'elle avait une petite idée derrière la tête, elle aussi.

— J'aimerais assez le lit de ton studio.

Sam rebroussa chemin avec un petit rire.

— Vos désirs sont des ordres, princesse !

Quel bonheur ! songea Stella avec un frisson d'anticipation. A peine quelques heures plus tôt, elle avait fantasmé sur leurs deux corps emmêlés sur ce lit, et maintenant, voilà que son rêve allait se réaliser, dans une totale obscurité, qui plus est.

Sam tâtonna le long du couloir et finit par l'allonger sur le grand lit, divinement moelleux. Il se pencha et déposa sur ses lèvres un baiser lourd de plaisirs secrets et de promesses érotiques.

— Je reviens tout de suite, annonça-t-il.

Stella hocha la tête et écouta décroître le bruit de ses pas en se demandant où il allait, avant de comprendre qu'il était parti chercher un préservatif. Il devait garder la boîte dans sa chambre, pas ici. Elle poussa un soupir d'aise. Cela signifiait donc qu'il n'avait pas pour habitude de faire l'amour dans son studio. Stella sourit, enchantée sans trop savoir pourquoi.

Elle repoussa le dessus-de-lit et eut l'agréable surprise de découvrir des draps de satin. Un sourire voluptueux s'épanouit sur ses lèvres alors que des pensées lascives lui faisaient bouillir le sang. Cet homme n'aimait pas les demi-mesures. Comme elle, se dit Stella avec un curieux pincement au cœur. A l'évidence, c'était un maniaque du détail, lui aussi.

Deux minutes plus tard, elle l'entendit revenir et poser quelque chose sur la table de chevet. Le lit s'incurva quand il se glissa sous les draps, à ses côtés. Stella inspira profondément lorsque son corps nu se colla contre le sien. Il entoura sa taille d'un bras musclé et la plaqua étroitement contre lui. Sa chaleur virile l'enveloppa tout entière. Sa peau sentait la terre, et ce parfum lui monta à la tête, embrasant ses sens exacerbés. Son souffle chaud lui chatouilla le cou.

— Je crois que nous en étions là, dit-il en lui mordillant le lobe de l'oreille.

Une violente décharge électrique la secoua des pieds à la tête. Oh oui, c'était bien là…

Alors, elle se mit à imaginer un scénario hautement érotique, comme si toutes les barrières sautaient, que ses inhibitions étaient oubliées et que sa sensualité, longtemps refrénée, se déchaînait à l'idée de passer une nuit étourdissante en compagnie de l'homme le plus sexy du monde. Ce qu'elle n'aurait jamais cru possible, même dans ses rêves les plus fous.

Et si ses rêves étaient sur le point de se réaliser ?

Dès l'instant où elle l'avait vu, il lui avait démangé de le toucher. Stella céda enfin à la tentation et posa les mains sur son torse magnifique. On aurait dit du marbre tiède, dur et doux à la fois, une harmonieuse combinaison de muscles et de peau soyeuse. Une force cachée sous une surface lisse. Elle referma les doigts autour de ses mamelons virils et en fut remerciée en entendant sa respiration saccadée.

Sam la fit aussitôt basculer sur le dos, enroulant une cuisse puissante autour de ses jambes et elle tressaillit de plaisir en sentant sa toison masculine effleurer sa peau.

— Un prêté pour un rendu, chuchota Sam d'une voix rauque. Rappelle-toi.

Oh, elle n'aurait garde de l'oublier.

Tout à coup, Sam colla sa bouche brûlante sur l'un de ses seins à travers le tissu fluide de sa nuisette et se mit à le taquiner délicatement de la langue. Une onde de chaleur irradia dans tout son corps qui se raidit et se liquéfia tour à tour. Elle l'agrippa par les cheveux et serra les cuisses l'une contre l'autre pour endiguer le flux du désir qu'elle sentait monter en elle. Son ventre se contracta tandis qu'une nouvelle déferlante embrasait son sexe moite de désir. La pulsation intense qui vibrait entre ses cuisses s'intensifia, comme un appel muet l'exhortant à soulager ce besoin impérieux.

Elle était soudain à l'étroit dans le léger vêtement qui la couvrait. Elle avait hâte de sentir la peau tiède de Sam contre la sienne, son corps ferme et viril contre les courbes douces du sien.

Sam devait réellement lire dans ses pensées car, délaissant son sein, il entreprit de lui retirer son caraco du bout des dents. Il dénuda une épaule, puis une autre, avant de le faire glisser le long de son corps. L'étoffe résista au niveau de ses seins tendus avant de céder, provoquant une tornade de sensations nouvelles. Sentir la bouche de Sam à travers le léger voile avait été exaltant, mais le contact de ses lèvres avides, incandescentes, sur son mamelon nu était extraordinairement parfait. Si parfait qu'elle eut les larmes aux yeux.

Un éclair de chaleur fulgura dans son ventre, ses cuisses palpitèrent, elle se sentait brûlante et risquait de se consumer sur place s'il ne la touchait pas tout de suite. Elle tremblait d'impatience et n'en pouvait plus d'attendre. Jamais encore elle n'avait désiré un homme avec cette douloureuse intensité. Sam Martelli la mettait dans tous ses états. Il la stimulait intellectuellement, physiquement… sexuellement.

Stella fit courir ses paumes sur les épaules athlétiques et glissa ensuite les mains dans son dos, le long de sa colonne vertébrale. Cette nuit, ces muscles puissants et virils étaient pour elle, songea-t-elle avec bonheur. Puis elle remonta en direction de ses côtes qu'elle agaça gentiment du bout de ses ongles jusqu'à l'entendre hoqueter de plaisir.

Sam avait tracé de sa langue experte un sillon humide jusqu'à l'autre sein et dessiné des cercles concentriques autour du mamelon avant de le prendre dans sa bouche. Gémissante, le souffle court, Stella se cambra pour en réclamer davantage, quand elle sentit la main de Sam descendre vers son nombril, promesse de nouvelles caresses. Les doigts de Sam papillonnèrent le long de ses côtes, puis sur son ventre, avant de s'aventurer plus bas, encore plus bas, jusqu'à frôler les boucles de sa toison humide.

— Sam, je t'en prie, je n'en peux plus, supplia Stella, folle d'impatience, en s'arc-boutant vers lui.

— Pourquoi es-tu si pressée ? Nous avons la nuit devant nous.

C'était vrai, mais Stella n'avait pas l'intention d'attendre toute la nuit. C'était maintenant qu'elle le voulait, à l'instant.

Sam enfouit ses doigts dans sa chair moite et se mit à caresser son clitoris de l'index.

Stella lutta contre la vague déferlante qui menaçait de la submerger, refusant de s'abandonner. Pas avant de lui rendre la pareille, en tout cas.

Elle mouilla son pouce et en caressa l'extrémité de son sexe. Sam frémit et se poussa contre ses doigts. Elle sentit le feu de la passion courir dans ses veines tandis que sa main s'activait sur la peau soyeuse de son membre tendu.

Sam semblait avoir du mal à respirer.

— C'est un prêté pour un rendu, tu te rappelles ? articula-t-elle avec difficulté.

Sam avait accéléré la cadence à l'endroit le plus sensible de son intimité, l'étourdissant de plaisir.

— Je commence à croire que je vais regretter ces paroles, murmura-t-il d'une voix rocailleuse qui la fit chavirer.

Il entrouvrit son sexe, plongea deux doigts en elle et entreprit de titiller un point brûlant dont elle ignorait l'existence. Stella se mit à haleter frénétiquement en ondulant des hanches pour intensifier la caresse.

A son tour, elle posa sa main sur le sexe gonflé de désir de Sam et se mit à le caresser, jusqu'à ce que, n'y tenant plus, il se libère de son étreinte.

Stella n'eut guère le temps de le regretter que, déjà, il posait sa bouche sur son bourgeon palpitant. Le souffle coupé, elle se cambra sur le lit en s'agrippant aux draps. Sam se mit à lécher son sexe du bout de la langue, avec gourmandise, provoquant un frottement exquis.

— Mmm... c'est si bon, apprécia-t-il.

Stella frémit d'excitation en imaginant la tête brune nichée entre ses cuisses. Elle se sentait tout à la fois un peu perverse, impudique et sexy, exactement les sentiments qu'elle éprouvait quand elle concevait sa lingerie. Une délicieuse langueur se répandit dans tous ses membres, tandis que sa peau semblait s'embraser.

En sentant son ventre se contracter, Stella reconnut les premiers frissons de l'orgasme, qu'elle n'avait jamais désiré avec une telle force. Les brumes de la passion ne l'empêchaient pas de comprendre que, cette fois, il se produisait quelque chose de spécial, même si elle ne savait pas exactement quoi. D'autant que le moment était mal choisi. Comment réfléchir avec cette bouche affolante qui lui prodiguait la plus audacieuse des caresses ?

Sans cesser ses caresses brûlantes, Sam enfouit un

doigt en elle et se mit à presser son clitoris en accélérant la cadence.

Stella ne se contrôla plus et, le corps secoué de frissons, elle s'abandonna à l'orgasme qui la submergeait. Elle eut l'impression d'être inondée par une pluie d'étoiles étincelantes, aussi violente que le feu d'artifice qui transportait chaque centimètre carré de sa peau.

Sam n'interrompit pas ses caresses, comme s'il voulait la faire jouir jusqu'à la dernière seconde. Il ne relâcha son étreinte qu'une fois les derniers spasmes calmés, quand elle eut repris son souffle et recouvré ses esprits.

Stella porta une main à son front avec un petit rire ravi.

— J'ai deux mots à te dire.

Sam se redressa en promenant les doigts sur ses seins.

— Laisse-moi deviner. C'est moi le meilleur, c'est ça ?

— Sûrement, répondit-elle avec un gloussement narquois. Mais ce n'est pas ce que j'avais en tête.

— Qu'est-ce que c'est, alors ?

D'un mouvement souple, elle roula sur le côté, bascula sur lui et referma les doigts sur son sexe raidi qu'elle commença à caresser avec une lenteur calculée.

— Un prêté...

Elle se mit à le lécher de haut en bas.

— Pour... un rendu.

Puis elle le prit tout entier dans sa bouche.

Elle l'entendit pousser un grondement rauque et cela ne fit que renforcer son propre désir. Elle intensifia le rythme de ses caresses, provoquant des gémissements qui la ravissaient.

Sam se sentit tout à coup sur le point d'abandonner tout contrôle. Elle n'avait pas oublié un millimètre carré de son sexe gonflé. Elle l'avait léché, sucé, aspiré, et il craignait d'être incapable de se retenir une seconde de plus si sa langue experte continuait à le mettre au supplice. Mais c'était hors de question.

Il avait envie de jouir en elle.

Avec ou sans protection, Sam ne s'était jamais permis ce luxe. Il s'était toujours retiré. Répandre sa semence dans le sexe d'une femme, surtout une femme qu'il n'avait pas l'intention de revoir, était un acte beaucoup trop intime. Bien sûr, il avait eu quelques relations qui avaient compté dans sa vie, néanmoins, il avait toujours pris des précautions, il ne s'était jamais laissé aller.

Mais il s'agissait d'elle.

Quand il l'avait embrassée…

Sam était incapable de décrire la perfection de cet instant. Il en avait eu la chair de poule des pieds à la tête et l'étrange démangeaison qui avait pris possession de son bas-ventre l'avait précipité dans un tourbillon où le monde semblait juste et naturel. Il comprit brusquement que c'était sa vision de l'avenir… Il lui fallait se rendre à l'évidence, le coup de foudre était une réalité. Et elle serait bientôt sienne.

C'était aussi simple et compliqué que cela.

Stella l'absorba encore plus profondément dans sa bouche, insinuant une langue brûlante autour de son membre dressé. Sam se sentit partir à la dérive. La caresse de ses cheveux soyeux ondulant sur ses cuisses à chaque aller-retour était presque insoutenable. Il n'avait jamais autant désiré une femme, autant désiré se loger entre ses jambes. C'était bien plus qu'un simple désir physique — il lui fallait la posséder.

Tout de suite.

Il se dégagea.

Il crut entendre un petit claquement de langue et imagina son sourire félin.

Elle se colla à lui, son sein rond niché contre sa hanche, et s'étira langoureusement.

— Comme tu veux. As-tu autre chose à me proposer ?

Sam attrapa le préservatif qu'il avait déposé sur la table de nuit et déchira l'emballage avec ses dents.

Il retira le préservatif de son étui, l'enfila rapidement et se positionna entre ses cuisses offertes. Stella s'accrocha à ses épaules, puis elle fit courir ses mains le long de son dos et les referma sur ses fesses musclées pour l'attirer vers elle.

La respiration de Sam s'accéléra.

— Je peux faire beaucoup mieux, murmura-t-il d'une voix rauque, tu n'as encore rien vu.

Il se poussa lentement en elle et la pénétra sans quitter son regard une seule seconde.

Rien, pas même leur premier baiser époustouflant, ne l'avait préparé à cette expérience. Il se sentait galvanisé. Il se mit à trembler violemment, se raidit et se concentra de toutes ses forces pour canaliser le torrent d'énergie qui affluait dans ses veines. C'était comme si le dernier verrou sautait et qu'un nouveau monde se révélait, le liant définitivement à elle. Il oscillait entre la folie et la délivrance, c'était hallucinant.

Stella laissa échapper un sourd gémissement et ondula des hanches, l'entraînant plus loin dans la jouissance.

Sam serra les dents pour calmer le jeu. Il voulait attendre, savourer cet instant le plus longtemps possible. Mais déjà, il se sentait perdre pied, lui qui, d'ordinaire, n'avait pas de difficulté à contrôler ses pulsions.

En fait, c'était un vrai miracle qu'il n'ait pas joui dès la première seconde. Mais il n'avait jamais été égoïste et n'avait aucune intention de le devenir. Il se retira pour mieux replonger en elle. Il allait et venait en redoublant d'intensité, plus vite, plus fort. De puissants coups de reins destinés à les emmener tous deux au bord de l'orgasme.

Stella se cambra à sa rencontre pour accorder son rythme au sien. Elle poussa de petits soupirs, des gémissements affamés, puis un long râle.

Divine musique !

Sam la sentit se contracter autour de lui et comprit à ses premiers frémissements qu'elle allait venir. Elle fit glisser ses mains au bas de ses reins et empoigna ses fesses pour le sentir plus profondément en elle. Elle soulevait les hanches à chacune de ses poussées, se tortillait contre lui en accélérant le tempo dans une course folle à la poursuite du plaisir qu'ils voulaient éprouver ensemble.

Elle haleta, son souffle s'accéléra, elle gémit d'impatience puis poussa un long cri d'extase tandis que son corps se tendait à se rompre.

Alors, Sam sentit les spasmes l'envahir et se laissa emporter dans une explosion de lumière. C'était comme si un kaléidoscope de sensations le propulsait vers les sommets de la jouissance, de plus en plus haut. Il vint en elle avec une force presque douloureuse, le corps parcouru de tremblements incoercibles, et, la tête nichée dans le creux de son épaule, il s'enfouit profondément en elle, savourant les derniers soubresauts de l'orgasme.

Il pourrait passer le reste de sa vie entre ses cuisses, songea-t-il, abasourdi.

Une fois les derniers frémissements apaisés, il bascula sur le côté sans relâcher son étreinte. Pour des raisons qu'il n'avait aucune envie d'approfondir, il se refusait à rompre la magie qui s'était établie entre eux. Encore une première.

Le ciel se dégagea, et la lune éclaira un instant le visage radieux de Stella. Les yeux clos, elle souriait d'un air ravi. Le drap laissait entrevoir un sein délectable, surmonté d'une perle de nacre rose. Ses cheveux soyeux retombaient sur ses épaules et se répandaient sur l'oreiller, tels des rayons de lune.

Le cœur gonflé d'une émotion indicible, Sam caressa du doigt le galbe délicat de sa joue. Souriante, elle se tourna lentement vers lui, l'observant à travers ses cils à demi baissés dans la posture la plus sexy qu'il ait jamais vue.

Elle enfouit ses doigts dans ses cheveux, posa ses lèvres contre les siennes et l'embrassa langoureusement. Puis elle roula sur lui, pêcha un nouveau préservatif, le mit en place et le chevaucha. Son membre durcit aussitôt, provoquant la plus excitante des sensations.

Stella se pencha et se mit à lécher et à agacer ses mamelons du bout de la langue, lui arrachant un soupir de plaisir. Elle ondoyait avec volupté contre lui, jouant avec la pointe d'un mamelon avec sa bouche tandis que sa main cajolait l'autre. C'était l'expérience la plus érotique qu'il ait connue. Aucune femme ne l'avait jamais séduit ainsi.

— Sais-tu ce que cela signifie ? roucoula-t-elle.

Elle resserra ses cuisses autour de lui, imprimant un lent mouvement de va-et-vient à ses hanches, leur corps emboîtés frottant délicieusement l'un contre l'autre.

— Quoi donc ? balbutia Sam.

— Un prêté pour un rendu bis, mon chou. Es-tu partant ?

S'il était partant ? Un peu plus et il allait exploser. Avec un petit rire, Sam l'attrapa par les hanches et la pénétra d'une seule poussée.

— Bien sûr que je suis partant.

Ils avaient toute la nuit devant eux. Ce qui, Sam le sentait confusément, ne suffirait jamais.

7.

Etourdie de plaisir, Stella s'affala contre le torse de Sam après un nouvel orgasme éblouissant. Elle sentit une ultime crispation de jouissance et des aiguillons de chaleur lui parcourir le corps. Ses seins délicieusement lourds se pressaient contre la peau nue de Sam et, malgré le nombre incroyable d'orgasmes qu'il lui avait donnés, elle savait qu'il lui suffirait d'introduire ses doigts experts dans sa chair pour qu'elle réagisse aussitôt. Le sourire comblé qu'elle avait affiché toute la nuit s'élargit un peu plus.

Sam Martelli devait être un peu sorcier.

Il n'avait eu qu'à prononcer quelques mots de sa voix de velours — n'importe quelle phrase anodine aurait l'air sexy dans sa bouche —, pour qu'elle se plie à ses désirs.

Sans la moindre hésitation.

C'était comme si elle ne s'appartenait plus et devenait entre ses mains un jouet qu'il explorait à loisir. Et la réciproque était vraie. Cette nuit, elle avait osé faire avec Sam des choses qu'elle n'aurait jamais même imaginées avec qui que ce fût.

Il n'y avait pas une parcelle de son corps qu'il n'ait visitée, touchée, caressée, goûtée.

L'amour avec Sam était une expérience où l'on se donnait

corps et âme. Il ne brûlait pas les étapes pour atteindre directement l'apothéose. Oh non ! Il était lent et minutieux, comme s'il jouait à la satisfaire. Il la torturait, la rendait folle, la conduisait au seuil du plaisir — au point où elle en était réduite à le supplier — pour le lui refuser au dernier moment et tout reprendre depuis le début. C'était un hédoniste passé maître dans l'art de la séduction, un amant incomparable. Un virtuose.

Stella se pelotonna confortablement avec un soupir de bien-être.

Elle avait inspecté chaque centimètre de sa somptueuse anatomie. Mais alors que Sam semblait prendre du plaisir à lui en donner, elle se délectait de voir à quelle vitesse elle parvenait à lui faire perdre son self-control et à le métamorphoser en mâle à la sensualité presque animale. Il était un mélange de tendresse et de brutalité, de délicatesse et de sauvagerie, et il avait réussi à lui révéler la face cachée de sa personnalité à elle — *son* côté sauvage.

Stella sentit une onde de chaleur l'envahir de nouveau. C'était inexplicable. Elle était incapable de comprendre comment elle avait pu si vite oublier sa réserve, ses inhibitions, et sauter le pas. Sans doute était-ce cet heureux concours de circonstances — la totale obscurité et le plus sexy des amants.

Mais, au fond d'elle-même, elle savait qu'elle ne le regretterait jamais. Cette nuit avait été parfaite, si parfaite qu'elle fut tout à coup tentée de s'éclipser pour en garder le souvenir intact dans sa mémoire avant que la réalité ne vienne le ternir.

Ce qui était malheureusement toujours le cas.

Sam remua sous elle.

— A quoi penses-tu ?

— Qu'est-ce qui te fait croire que je pense à quelque chose ?

Il dessina des arabesques paresseuses sur son épaule.

— Tu es bien silencieuse.

— C'est drôle, mais j'étais certaine que tu serais homme à apprécier le silence.

— Tu as raison, répondit Sam avec un petit rire, tout en effleurant l'un de ses seins du bout des doigts. Il y a un temps pour toutes choses, y compris le silence, mais pas maintenant.

Stella sentit son rire résonner contre sa poitrine et un nouveau frisson de désir la parcourut.

— Ah oui ? Alors maintenant, c'est un temps pour quoi, à ton avis ?

— Pour ceci.

Sans prévenir, il la fit basculer sur le dos et la pénétra d'un puissant coup de reins. Stella poussa une plainte silencieuse et s'ouvrit instinctivement pour le recevoir. Elle arqua le bassin à sa rencontre, l'aspirant en elle jusqu'à ce qu'elle l'entende haleter au-dessus d'elle.

— Tu triches, bredouilla-t-il.

Elle le serra plus fort, se cambrant de plus belle.

— J'aime… bien… tricher.

Décidément, c'était la nuit des grandes premières — faire l'amour avec Sam avec cette liberté qui sonnait si juste.

Il se retira pour mieux replonger en elle.

— Vraiment ?

Seigneur, c'était merveilleux ! Stella ferma les yeux et tout chavira dans sa tête.

— Vraiment, acquiesça-t-elle, enhardie. Et toi, tu aimes tricher aussi ?

— Bien sûr. Je vais tout de suite te faire une petite démonstration.

Il se fondit en elle, de plus en plus fort, de plus en plus vite.

Stella noua ses jambes autour de sa taille pour le prendre plus profondément en elle en ondulant contre lui. Ses seins pressés contre son torse absorbaient les coups de reins frénétiques. A chaque poussée, sa toison frottait contre sa peau sensible, déclenchant une vibration intense au plus profond de son être. Des sons inarticulés s'échappèrent de ses lèvres et chacune de ses terminaisons nerveuses se tendit à se rompre.

Sam allait et venait de plus en plus loin, la transperçant à chaque assaut, jusqu'à ce que le plaisir qu'elle sentait monter en elle jaillisse comme un volcan en éruption et que des torrents de lave en fusion s'écoulent dans ses membres alanguis.

Encore une, deux, trois poussées et, dans un dernier soubresaut, il s'écroula sur elle avec un long cri de jouissance. Il déposa un tendre baiser dans son cou et changea de position en l'entraînant avec lui, leurs corps toujours soudés l'un à l'autre.

Seuls leur respiration haletante et le hurlement lointain d'une sirène troublaient le silence. L'air était chargé de la fragrance musquée de l'amour. Les draps n'étaient plus qu'un tas informe qu'ils avaient repoussé à l'autre bout du lit au cours de leurs ébats.

Encore une nouveauté, car même dans le noir, Stella n'avait jamais osé faire l'amour autrement que bien cachée sous les draps. Elle n'avait d'ailleurs pas la moindre idée de l'endroit où se trouvait sa nuisette et elle s'en moquait bien. Ce qui était sûr, en revanche, c'était qu'elle venait d'avoir l'orgasme le plus fulgurant de son existence et qu'elle était aussi nue qu'on pouvait l'être dans les bras de l'homme le plus sensuel de la création... entièrement nu, lui aussi. Elle sourit de contentement. Il n'y avait rien de meilleur au monde.

Soudain, le courant se rétablit dans un léger bourdonnement et un flot de lumière illumina la pièce. *Try a little tenderness* d'Otis envahit le silence. Après des heures de totale obscurité, la lumière était aveuglante, d'autant que tous les spots, disposés autour du lit — Sam n'avait pas eu le temps de les éteindre avant la panne — s'étaient rallumés en même temps.

Stella avait l'impression de vivre un cauchemar. Ses idées s'obscurcirent.

Comme dans un brouillard, elle entendit le juron étouffé de Sam qui s'agitait à côté d'elle. En moins de temps qu'il ne fallait pour le dire, elle prit la mesure de la situation et, ne sachant plus où se mettre tant elle était embarrassée, elle réagit aussitôt.

Là où une autre femme se serait contentée de remonter calmement le drap sur elle, Stella bondit et s'y cramponna pour s'en couvrir presque jusqu'aux yeux. Elle avait l'impression d'être une vierge effarouchée. Elle se tortilla de confusion en sentant une vague de chaleur l'envahir des pieds à la tête.

— Le courant est revenu, constata Sam, désinvolte.

Elle ferma les yeux de toutes ses forces.

— Pourrais-tu retrouver ma nuisette, s'il te plaît ?

Elle sentit son regard posé sur elle.

— Euh... Bien sûr.

Sam fourragea dans le lit et, au bout de minutes inter-
minables, il finit par mettre la main sur la nuisette toute
froissée qu'il lui tendit.

— Je vais voir si tout va bien et j'en profiterai aussi
pour vérifier qu'aucun plomb n'a sauté quand le courant
est revenu, annonça-t-il.

Quel homme délicat, songea Stella avec gratitude. Elle
hocha la tête et le regarda… Ce fut une grave erreur.

Les préliminaires avaient été fantastiques, mais, après
l'amour, Sam était tout simplement glorieux.

Elle avait beau être horriblement mal à l'aise en voyant
ses pires craintes se réaliser — elle avait un projecteur
braqué sur elle ! —, même si ses sensations s'étaient
apaisées, maintenant qu'elle était comblée et épuisée, il
lui suffit d'un regard pour tout oublier et sentir le désir
revenir avec une force décuplée.

Les yeux de Sam paupières étaient plus fascinants
que jamais, et il était sexy en diable avec ses cheveux en
bataille. Et comme si ce n'était pas suffisant…

Il était nu.

Et il n'en était pas gêné le moins du monde.

Stella était sûre et certaine qu'il aurait été aussi décon-
tracté dans un costume Armani. Plus tard, quand elle se
serait rassasiée de le regarder, elle pourrait peut-être lui
envier cette faculté. Mais maintenant, elle n'en avait guère
le loisir, tant elle était occupée à le dévorer des yeux et à
se délecter du spectacle. Elle avait cru s'en faire une idée
assez précise en redessinant son corps dans l'obscurité,
mais elle ne lui avait pas rendu justice.

Sam Martelli avait un corps somptueux d'athlète et
mesurait près d'un mètre quatre-vingt-dix. Elle détailla
ses épaules impressionnantes, son torse musculeux, ses

abdominaux fermes, puis son regard fut irrésistiblement attiré plus bas, sous le nombril. Elle déglutit et s'obligea à détourner la tête. Quand elle osa le regarder en face, elle surprit une lueur rieuse dans ses yeux sombres.

— Je reviens dans une minute, dit-il en se dirigeant vers la porte.

Elle avait vu juste, se dit Stella. Il était aussi magnifique de face que de dos, sans parler de ses fesses — la perfection absolue.

Les yeux embués de désir, Stella se glissa dans sa nuisette chiffonnée et s'en fut à la salle de bains. Après s'être rafraîchie, elle se planta devant la glace. Un regard à son reflet la fit grimacer et sourire tour à tour. Elle était vraiment affreuse avec ses cheveux emmêlés, ses lèvres gonflées et son menton rougi. Son maquillage avait disparu depuis belle lurette et, en s'approchant du miroir, elle s'aperçut que son cou était marbré de rouge. Son premier suçon, songea-t-elle, émerveillée.

Son sourire s'effaça aussi vite qu'il était apparu. Elle était vraiment pitoyable. Dire que c'était le spectacle qu'elle lui avait donné lorsque la lumière était revenue, alors qu'elle découvrait le corps d'Apollon de Sam. On aurait dit qu'elle sortait d'une essoreuse. Elle sentit la brûlure de l'humiliation monter en elle et ses épaules s'affaissèrent sous le poids de cette nouvelle vexation.

Elle savait bien que cette nuit avait été trop sublime pour être vraie et que quelque chose d'affreux se produirait si elle commettait l'erreur de s'attarder. Quelle panique quand toutes les lumières s'étaient brutalement rallumées… Stella étouffa un juron et sentit une boule se former dans sa gorge.

D'accord, elle avait parcouru du chemin, cette nuit. Elle

avait dépassé certaines limites et avait eu l'expérience sexuelle la plus fabuleuse de sa vie. Mais il y avait encore du chemin avant de vaincre complètement sa timidité. Les petits pas, se rappela Stella. Les minuscules victoires. Le mal était fait, il ne lui restait plus qu'à sauver la face. En d'autres termes, prendre la fuite le plus vite possible.

Une fois sa décision prise, Stella se précipita au vestiaire où elle se hâta de se rhabiller et de ramasser ses affaires. Il ne lui fallut que quelques secondes pour se redonner une tête présentable — un peu de poudre, un soupçon de rouge à lèvres, plus un carré de chocolat pour reprendre contenance. Après quoi, elle retourna dans le salon pour affronter Sam.

Elle ne s'était jamais sentie aussi fébrile de sa vie. Elle avait le ventre noué, la bouche sèche et le cœur battant. Elle, qui avait la réputation d'être l'une des femmes d'affaires les plus coriaces du Sud, elle paniquait à l'idée de se retrouver en présence de Sam, même après tout ce qu'ils avaient expérimenté ensemble cette nuit.

Sam se retourna en l'entendant entrer. A la vue de son sourire nonchalant, elle sentit ses muscles se crisper et ses mains la démanger. Il avait enfilé un jean sans prendre la peine de passer une chemise.

— Les plombs ont sauté ? demanda-t-elle, histoire de dire quelque chose.

— Non, tout va bien. Je vois que tu t'es rhabillée.

Au regard qu'il lui lança, elle eut l'impression qu'il la dépouillait de tous ses vêtements. Elle repoussa ses cheveux derrière ses oreilles et désigna l'ascenseur.

— Oui, et je… euh… je dois y aller. Je me lève tôt, demain matin, enchaîna-t-elle avec un entrain forcé.

Quelque chose changea dans son regard perspicace.

— Ah ? Je croyais que tu avais pris ta semaine.

— Euh... oui, mais j'ai quand même des choses à faire.

Il devait le savoir, puisqu'elle l'en avait informé. Et puis elle n'avait pas besoin de se justifier. Elle avait envie de rentrer chez elle. Alors pourquoi chercher des prétextes ? C'était une attitude qu'aurait adoptée l'ancienne Stella Delaney, celle qui s'aplatissait comme une carpette, mais pas sa nouvelle version améliorée.

Stella sortit un chèque de son sac et le lui tendit.

— Tu m'enverras les épreuves par la poste, d'accord ? J'ai hâte de les voir.

On aurait dit qu'elle l'avait giflée, mais cette impression fut si fugitive qu'elle crut avoir rêvé.

— Ce que femme veut..., déclara-t-il avec dans la voix un ton qu'elle ne put identifier.

Sur ces mots, il ramassa le sac qu'elle avait posé par terre, à ses pieds.

— Viens, je te reconduis, ajouta-t-il.

— Non, ce n'est pas la pei...

— Il est tard, et il fait nuit. Je te raccompagne, insista-t-il d'une voix neutre et catégorique.

Comme sortie, il y a mieux, songea Stella, un peu blessée par sa rudesse.

Le trajet jusqu'au rez-de-chaussée, interminable, se déroula dans un silence tendu. Stella, qui était sur des charbons ardents, préféra ne rien dire plutôt que débiter des banalités. Elle lança un regard furtif au visage fermé de son compagnon et s'en repentit aussitôt. Il avait l'air blessé, troublé et furieux, sentiments qu'elle ne connaissait que trop bien. La mauvaise conscience la taraudait. Elle avait l'impression d'avoir battu un chiot. A son grand soulagement, l'ascenseur s'arrêta enfin.

— Nous y voilà ! s'écria Stella.

Elle tendit la main pour prendre son sac, mais Sam la devança.

— Où est ta voiture ?

— C'est la Lincoln, là-bas. Ecoute, je peux me débrouiller seule, maintenant. Tu vas attraper la mort avec le froid qu'il fait.

Il n'avait même pas de chemise, sans parler des chaussettes et des chaussures. D'ailleurs, il était resté pieds nus toute la soirée. Comment faisait-il pour ne pas être frigorifié ?

— Ça va, répondit-il sèchement.

Stella pêcha la commande électronique dans son sac et déverrouilla la voiture. Sam déposa le sac sur la banquette arrière, referma la portière et ouvrit la portière avant.

Il y eut un blanc pendant que Stella se triturait la cervelle pour trouver quelque chose à dire. Un simple merci, fût-il sincère, ne lui semblait pas vraiment approprié.

— Sam, je…

Quand ses lèvres s'emparèrent avidement des siennes, elle suffoqua et son cerveau se vida. Il plongea sa langue dans sa bouche dans un baiser si brutal, si possessif, qu'elle manqua tomber lorsque ses genoux se dérobèrent sous elle et se mit à trembler — de froid, sans doute.

Il se dégagea, recula et la transperça de son regard brun.

— Je t'appelle, murmura-t-il.

Elle savait que cette promesse n'avait rien à voir avec les photos.

Il la propulsa à l'intérieur de l'habitacle et referma la

portière. Puis il tapota le capot à deux reprises et rebroussa chemin, laissant la jeune femme reprendre ses esprits comme elle pouvait et tenter de remettre de l'ordre dans ses idées. Cinq minutes plus tard, elle n'était guère plus avancée et se décida à démarrer pour rentrer.

Sam regagna son immeuble sans se soucier du froid. Le calme qu'il affichait était factice. Il avait l'estomac noué de colère et, pour la première fois de sa vie, il ignorait ce qu'il devait faire et n'avait pas la moindre idée de la marche à suivre.

A peine les lumières s'étaient-elles rallumées que, voyant l'épouvante déformer le beau visage de la jeune femme, il avait su qu'elle se sauverait. Et pour la laisser un peu seule, il n'avait rien trouvé de mieux que cette histoire de plombs qui auraient sauté.

Mais il avait sous-estimé sa timidité et, à l'inverse, surestimé ce qui s'était produit entre eux, en ce qui la concernait du moins. Il avait eu l'espoir irraisonné qu'elle ne chercherait pas une excuse pour s'enfuir et il avait été froissé par sa rebuffade. Il n'aurait pas dû être si contrarié qu'elle refuse de rester dans son lit... mais le fait était là.

Parce qu'elle était la compagne idéale.

Sam croyait dur comme fer que Stella était la femme de sa vie. Il était en train de tomber amoureux d'elle, elle partagerait ses sentiments, ils se marieraient, auraient des enfants et vieilliraient ensemble. Fin de l'histoire. C'était ainsi que les Martelli procédaient depuis des générations. Comment avait-il pu croire qu'il était différent ? Quelle prétention ridicule !

Sam n'avait jamais avalé cette histoire de « coup de foudre ». Il avait toujours pensé que c'étaient des sornettes, mais après la nuit qu'il venait de vivre avec Stella, il ne pouvait plus nier l'évidence. Son corps en ébullition, lui, ne s'y était pas trompé. Cela signifiait sûrement quelque chose. Elle l'avait totalement ensorcelé. Il devait ouvrir les yeux et reconnaître la vérité. Quelque chose s'était bel et bien produit, cette nuit. Et ce phénomène qu'il ne s'expliquait pas le terrifiait...

Et comme s'il ne lui suffisait pas d'avoir les neurones et les sens à l'envers, il était mort d'inquiétude à l'idée qu'elle ne lui rende pas son amour.

Il en avait eu un avant-goût en la voyant revenir dans le salon, entièrement vêtue. Elle s'était de nouveau cachée derrière un masque, elle s'était remaquillée et, quand il l'avait embrassée, il avait reconnu le goût capiteux du chocolat sur ses lèvres. Elle était armée de pied en cap.

Mais elle avait des excuses, après tout. Pour la seconde fois, elle avait été trahie et en avait tellement souffert qu'elle avait même songé à devenir lesbienne. Elle, une lesbienne ? Il y avait de quoi rire, songea Sam en attrapant une bouteille d'eau dans le réfrigérateur qu'il déboucha et porta machinalement à ses lèvres. Après leurs ébats de cette nuit, il voudrait bien voir si elle allait persister dans ce projet saugrenu. En tout cas, il s'était donné beaucoup de mal pour extirper cette idée abracadabrante de sa jolie petite tête.

Il ne devait cependant pas oublier qu'elle lui avait affirmé avoir renoncé aux hommes pour toujours et que, abstraction faite de sa personne — mais n'était-il pas pour elle qu'un simple flirt sans lendemain ? — ses comparses étaient tous des enquiquineurs.

Sam grimaça en terminant la bouteille. Partant de ce principe, évidemment, ce serait un véritable défi de l'amener à accepter le genre de relation qu'il avait en tête !

D'odieux tricheurs lui avaient fait des promesses qu'ils n'avaient jamais tenues. Elle n'avait aucune raison de croire qu'il en serait autrement avec lui. Elle avait offert son cœur et sa confiance et avait été si souvent déçue qu'il ne voyait pas comment elle pourrait lui faire confiance. Il pourrait toujours avancer l'excuse du coup de foudre, mais elle penserait sans doute qu'il était cinglé et porterait plainte pour harcèlement sexuel.

Sam fit la moue en imaginant le plaidoyer qu'il prononcerait pour sa défense. « Je sais que ça paraît insensé, mais c'est la femme de ma vie, la preuve, j'ai la chair de poule quand je suis avec elle. »

Il éclata de rire. Non, ça n'allait pas être facile. Mais Stella Delaney en valait la peine.

Demain, il demanderait conseil à ses frères et à son père avant de se jeter dans la bataille. Car il y avait beaucoup de choses en jeu.

Leurs futurs enfants, par exemple.

8.

— Ça y est, c'est arrivé !

A ces mots, les fourchettes s'immobilisèrent et toutes les têtes se tournèrent vers Sam.

Il y eut un beau chahut dans la cuisine, entre les sifflets, les quolibets, les gloussements et le feu croisé des questions.

— Silence ! cria Gianni, le père, qui présidait la tablée. Vous allez le laisser parler à la fin ? Comment voulez-vous qu'il en place une dans ce vacarme ? Quand est-ce arrivé ? demanda-t-il en pointant sa fourchette vers Sam.

Sam avala sa salive. Il savait qu'en annonçant la nouvelle aux autres, elle deviendrait en quelque sorte tangible. Comme si elle ne l'était pas déjà ! Depuis la nuit dernière, il n'avait cessé de penser à Stella.

— Hier après-midi.

— Elle est venue au studio ? questionna son père.

— Oui.

— Et que s'est-il passé ?

Sam se creusa la tête pour donner une réponse plausible.

— Je ne sais pas, papa, finit-il par avouer en désespoir de cause. Je l'ai à peine touchée, et...

— Tu as eu la chair de poule, compléta Mario.

— Et des frissons partout, ajouta Rob.

— Et tu l'as su, conclut Bruno.

— C'est à peu près ça, oui, confirma Sam avec un petit rire destiné à détendre l'atmosphère.

Son père hocha la tête. Il se leva et posa une main tremblante sur l'épaule de Sam.

— Tu en as mis le temps, je commençais à me poser des questions, dit-il d'une voix émue. Mais tu tiens le bon bout, maintenant. Ta mère serait fière de toi.

Sam sentit son cœur se gonfler de tendresse. Sa mère, en effet, avait toujours espéré que ses fils trouveraient la femme idéale avec qui fonder un foyer. Il était normal que la première pensée de son père fût pour son épouse. Il avait toujours choyé sa femme et veillé à ce qu'elle ne manque de rien. Ses frères avaient tous fondé une famille. Sauf lui, le fils rebelle. Mais voilà qui allait changer.

Pourtant, Sam envisageait l'avenir avec une certaine inquiétude. Pourrait-il suivre l'exemple de ses frères pour qui leur couple et l'amour qu'ils portaient à leurs enfants étaient ce qui comptait le plus au monde ?

Une fois l'excitation retombée, chacun replongea dans son assiette et le repas reprit son cours normal. Son père et ses frères travaillaient pour la Martelli Brick, l'usine créée par leur aïeul après avoir immigré aux Etats-Unis, et la pause-déjeuner était bientôt terminée.

Sam, lui, avait choisi une autre voie, mais, contrairement à ce qui aurait pu se passer dans une autre famille, ses choix n'avaient pas suscité de friction. En dehors des photos du catalogue de l'entreprise familiale et de quelques autres menues tâches dont il s'acquittait, il était libre de s'occuper de ses propres affaires.

Au début, son père n'avait pas caché sa déception, mais Sam ayant toujours été très indépendant, il n'avait guère été surpris de le voir mener sa barque de son côté. Dans sa jeunesse, quand ses frères passaient leur temps sur les terrains de football ou de base-ball, Sam, lui, s'enfermait dans sa chambre noire. Certes, il aimait bien le sport, mais il s'intéressait davantage à l'art, la photographie et les livres. En fait, il ressemblait à sa mère.

— Alors, elle a un nom, notre future belle-sœur ? demanda soudain Mario, son frère aîné, avant d'avaler une grande gorgée de thé glacé.

Nous y voilà, songea Sam.

— Oui. Elle s'appelle Stella Delaney.

De saisissement, Bruno envoya valser la bouchée qu'il d'apprêtait à avaler, et Mario et Rob manquèrent s'étrangler. Leur père se figea.

— La Stella Delaney ? s'enquit Bruno, les yeux ronds.

— Elle-même, oui.

— La reine de la lingerie ? insista Rob. Celle qui est dans tous les journaux ?

Sam hocha la tête.

— Mais elle vient de se faire larguer…, rappela Mario, confondu.

— Son fiancé l'a quittée, plutôt, corrigea sèchement Sam.

Trois « oh ! » fusèrent aussitôt, tandis que ses frères échangeaient des regards embarrassés.

Sam loucha vers son père qui s'était remis à manger sans se mêler à la conversation.

— Tu n'as rien à dire, papa ?

Son père prit le temps d'avaler tranquillement avant de relever la tête.

— Elle a l'air très jolie sur les photos.

Ce n'était pas exactement le genre de réflexion qu'il espérait entendre, songea Sam, déçu. Mais son père n'aimait pas les grands discours, c'était un homme d'action. Dommage, car étant donné qu'ils avaient tous vécu la même expérience, il aurait pensé que son père et ses frères auraient éclairé sa lanterne et lui auraient donné quelque conseil avisé.

Sam lança un regard circulaire.

— Pas d'autre commentaire ?

Ses frères évitaient de le regarder.

Mario haussa les épaules.

— Je ne sais pas quoi te dire, mon vieux. Tu n'as jamais eu de problèmes avec les filles, je crois. Alors, tu n'as qu'à faire comme d'habitude, sauf que cette fois, dis-toi que c'est pour de bon. Tu n'as pas le droit de te planter, insista-t-il en soulignant ses propos d'un grand mouvement de fourchette.

— C'est vrai, renchérit Rob.

Sam se sentait de plus en plus mal. Il savait déjà tout cela et aurait voulu apprendre du nouveau.

— C'est tout ? lâcha-t-il, incrédule. Pendant des années, vous n'avez pas arrêté de me tarabuster pour que je me case, sans parler des troupeaux de femmes que vous m'avez présentés, et c'est tout ce que vous trouvez à dire, que je n'ai pas le droit de me planter ?

— Et alors ? intervint Mario, l'air innocent. C'est un bon conseil, non ?

— Si j'étais toi, je ne lui parlerais pas du coup de

foudre, avança Bruno. Elle va croire que tu débloques complètement.

Sam grinça des dents.

— J'en étais arrivé à la même conclusion.

— Oh, tu sais, elle est sans doute comme toutes les autres, reprit Mario. Sois gentil avec elle, respecte-la, et surtout ne mens jamais. Les femmes détestent ça.

— Et mentir par omission, c'est quand même mentir, précisa Bruno sur un ton suffisant. Ça m'est arrivé une fois et je me suis retrouvé consigné trois nuits de suite sur le canapé du salon. Pas le nouveau, en plus, le vieux. Je ne te dis pas dans quel état était mon dos…

— Seulement trois nuits ? railla Rob. Pfff ! Tu te rappelles le jour où j'ai dit à Teresa que je trouvais sa sœur jolie, et que…

Sam n'écoutait plus. Ses pensées dérivèrent vers celle qui l'obsédait depuis plus de seize heures.

Après son départ, trop excité et préoccupé pour espérer trouver le sommeil, il avait passé le reste de la nuit à développer ses photos. Comme il l'avait escompté, elles étaient sensationnelles. Sans doute les meilleures qu'il eût jamais prises.

Bien qu'il désirât toujours autant entrer au Chifferobe, il avait l'intuition qu'il s'aventurait sur un terrain miné et se promit d'appeler le secrétariat de Stella pour retirer son book le plus tôt possible.

Il ne manquerait plus qu'elle croie qu'il était intéressé, d'autant que c'était complètement faux. Bien sûr, il adorerait travailler avec elle — la mise en page de son catalogue avait besoin d'un regard neuf qu'il savait pouvoir lui apporter — mais il avait changé depuis la nuit dernière.

C'était elle qu'il voulait.

Le hic était qu'il ne savait pas du tout par où commencer. Il comptait sur l'inspiration du moment, qui ne venait pas. En désespoir de cause, il opta pour un stratagème transparent dont seul un homme désespéré pouvait user.

Il monta dans son 4x4 et décida de les lui apporter lui-même.

— Oui, c'est bien cela. « Collectionneur cède gratuitement objets ayant appartenu à Elvis », débita Stella, tout en coinçant le téléphone sous son menton et en mettant sa main devant la bouche pour réprimer un fou rire.

A l'autre bout du fil, l'employé chargé des petites annonces du journal devait croire qu'elle était folle, mais c'était si amusant !

— Oui, en caractères gras, précisa-t-elle. C'est exact. Le numéro de téléphone est le : 555-4844. O.K. Non, merci beaucoup.

Stella raccrocha avec un grand cri de joie. Elle en avait les larmes aux yeux. Encore une petite surprise qui attendait Roger et sa chère Wendy. Elle avait veillé à ce que l'annonce coïncide avec leur retour et donné le numéro de téléphone de Roger, par-dessus le marché. Tous les fans d'Elvis — et ils étaient légion à Memphis — allaient se précipiter sur l'aubaine, songea Stella, ravie de sa trouvaille. La vengeance était décidément une excellente thérapie.

Malgré le manque de sommeil, la journée avait été fructueuse. En rentrant chez elle, la veille, elle n'avait pas réussi à trouver le sommeil à cause de Sam. Elle avait pensé et repensé à son corps, sa bouche, ses mains et les jeux sensuels auxquels ils s'étaient livrés au cours de la nuit, sans oublier l'horrible minute où la lumière était revenue, et le regard blessé qu'elle croyait avoir surpris pendant qu'il la raccompagnait à sa voiture.

Et puis elle avait ressassé la promesse qu'il lui avait faite. Qu'avait-il voulu dire avec son « je t'appellerai » ? Elle ne croyait pas qu'il s'agisse d'une simple formule de politesse après une nuit d'amour. Elle avait tourné et retourné cette phrase une centaine de fois dans sa tête. Il paraissait sincère. Mais n'importe quelle femme à sa place y aurait cru, songea Stella, sceptique.

Oui, mais pas elle. Plus maintenant.

Elle ramena ses jambes sur sa poitrine et posa le menton sur ses genoux.

Pour être honnête, elle mourait d'envie qu'il l'appelle. Elle avait eu beau tenter de se persuader que cette nuit avait été spéciale à cause des circonstances, ou du contre-coup de sa déception sentimentale, elle savait qu'elle se racontait des histoires. Elle n'avait jamais rien connu d'aussi spectaculaire de toute sa vie.

Il y avait quelque chose chez Sam qui la déstabilisait. Ce qu'elle avait vécu avec lui était trop... fort, à défaut d'une meilleure définition. Elle se sentait incroyablement attirée par cet homme, elle avait trop envie de lui. Elle avait trop adoré lui faire l'amour. Au souvenir de son corps nu, splendide, pressé contre le sien, elle sentit une flèche de désir lui transpercer le ventre et tout son corps se tendit. Son rythme cardiaque s'accéléra, une onde de chaleur la traversa de part en part et elle dut se faire violence pour chasser cette vision de son esprit.

Il n'y avait rien à faire, tout ce qui se rapportait à cet irrésistible Italien était trop intense. Mais ce n'était vraiment pas le moment de se laisser aller à des excès. A écarter. Définitivement.

Jusque-là, elle avait toujours foncé tête baissée après sa libido et multiplié les échecs. Cela ne lui avait-il pas servi de leçon ? Elle devait être masochiste pour vouloir recommencer. Stella se figea tandis que la vérité commençait à se faire jour dans son esprit. Ce n'était pas une flamme de désir que le bel Italien attisait en elle, c'était un véritable incendie.

Mais que lui arrivait-il ? Elle déraillait ? Elle ne voulait pas le revoir. Non, non et non. Un interlude sans lendemain était sans lendemain, par définition. Un point c'est tout.

N'avait-elle pas décidé de changer de conduite et de remettre les pieds sur terre ? Si, et c'était exactement ce qu'elle allait faire. Concernant les hommes, elle ne pouvait se fier à son propre jugement, c'était courir à la catastrophe. Elle venait d'en faire la triste expérience. Les minuscules victoires. Les petits pas. Les hommes sont des enquiquineurs. Ces trois sentences résumaient à merveille ces sages résolutions.

Et pourtant, elle avait l'impression qu'elle ne serait jamais capable de les tenir. Pas en ce qui concernait Sam, en tout cas. Car avec Roger, en revanche, elle était passée maîtresse dans l'art d'emporter de grandes victoires. Outre la petite plaisanterie qu'elle venait de lui concocter, elle lui avait réservé une autre surprise, en fermant son compte à la River City Bank.

Elle n'avait jamais été vraiment satisfaite de leurs prestations, mais elle n'avait pas voulu transférer son compte par égard pour Roger et, chaque fois qu'elle tentait d'aborder la question, il changeait de sujet en déviant sur tel ou tel détail lié au mariage. Le fourbe ! Il cherchait à atermoyer, elle le comprenait maintenant. Il avait toujours une idée derrière la tête, ce type.

Autrefois, Stella n'aurait jamais songé à changer de banque, histoire de sauver la face et se mettre à l'abri des médisances. Elle n'aurait pas couru le risque qu'on l'accuse d'avoir agi par dépit. Roger devait compter sur cette réaction, et elle aurait bien aimé être une petite souris pour assister à sa déconfiture.

Non, sa décision était motivée par des raisons autrement plus terre à terre de rentabilité, songea Stella, ravie de voir qu'elle était capable d'une telle mesquinerie.

Si Roger ne risquait pas d'être viré à cause d'elle, ce qu'elle ne croyait pas, il recevrait un bon savon. Maigre consolation, certes, mais c'était mieux que rien.

Il ne lui restait plus qu'une seule tâche à accomplir sur la liste qu'elle avait mentalement établie — renvoyer les cadeaux de mariage. Dépitée, Stella contempla les paquets qui s'entassaient dans son salon. Quel gâchis ! Que de temps et d'énergie gaspillés à dresser la liste de mariage, et tout ça pour rien !

Il fallait qu'elle s'en débarrasse.

A vrai dire, il ne lui serait pas trop dur de se défaire du vase Lalique, du verre à pied de Waterford ou du service à thé en argent, mais c'était un vrai crève-cœur de rendre la porcelaine de Chine, décorée de motifs floraux inspirés de l'herbier de Josiah Wedgwood dans de superbes nuances de bleu et de rose sur fond safran clair, et dorée à l'or fin. Elle ressemblait beaucoup au service de sa grand-mère, conservé dans le buffet chinois laqué noir de sa mère. Elle en frissonna de frustration. Cette splendide porcelaine enfermée dans ce meuble affreux, quelle horreur ! Quel dommage que sa mère et ses sœurs aient si mauvais goût !

Connaissant le faible de sa petite-fille pour les vieilles choses, sa grand-mère lui avait légué sa salle à manger en noyer verni que Stella avait entièrement retapée en espérant la garnir un jour avec le service de son mariage. Mais après tout, songea-t-elle avec un sentiment de victoire, rien ne l'obligeait à attendre de se marier pour avoir sa porcelaine de Chine. Elle allait se l'acheter et on n'en parlerait plus. De toute façon, elle lui procurerait davantage de plaisir que Roger n'aurait été capable de le faire de toute sa vie.

Encore Roger ! Décidément, elle qui croyait qu'il lui était sorti de la tête ! Elle devait reconnaître que leur rupture était une bénédiction. Bien sûr, elle n'avait pas apprécié sa lâcheté et sa goujaterie, mais une fois l'humiliation surmontée, elle s'en était vite remise.

A la réflexion, Roger et elle n'avaient rien en commun. Elle s'était forcée à partager ses centres d'intérêt alors qu'ils n'avaient pas d'atomes crochus. Mais pourquoi ? Pour quelle raison s'obligeait-elle à se transformer pour garder des hommes qu'au fond d'elle-même, elle n'aimait pas ? Avec le recul, ses précédentes liaisons avaient toutes un point commun : chaque fois, elle s'était évertuée à ressembler à ses ex.

Nicky, par exemple, était un amateur de chevaux — elle avait donc pris des leçons d'équitation. Vince était un fanatique de football — elle avait appris les règles de ce sport en feignant l'enthousiasme. Avec Roger, c'était le jardinage. Elle qui n'avait pas la main verte, et chez qui les plantes dépérissaient à coup sûr, elle avait tout fait pour devenir une experte en la matière.

Oh, elle était devenue très calée et pouvait disserter sur ce sujet pendant des heures, mais quant à soigner son jardin, elle en était proprement incapable. Une société de jardinage venait s'en occuper une fois par semaine. Les fleurs fanées étaient supprimées et remplacées par d'autres spécimens plus vigoureux, histoire de faire illusion. Et

Roger qui était si fier de ses talents ! Stella éclata de rire. S'il avait su…

Mais à quoi jouait-elle ? Avait-elle si peur de rester seule qu'elle s'accrochait à n'importe quel homme, même si elle était certaine qu'il ne la rendrait pas heureuse ? Redoutait-elle si fort de ne pas avoir d'enfant qu'elle était prête à épouser le premier étalon venu ? Ou était-elle amoureuse de l'idée de tomber amoureuse ? Elle détestait cette éventualité, mais c'était très possible, comment savoir ?

En attendant, elle avait décidé de cacher son jeu. Il n'y aurait plus personne dans sa vie jusqu'à ce qu'elle y voie plus clair. Y compris Sam Martelli, si séduisant soit-il, se jura-t-elle avec un serrement de cœur. Ce n'était pas le moment de flancher !

Un coup de sonnette la tira de ses sombres ruminations. Elle avait fait appel à une compagnie de déménagement pour emballer les cadeaux de mariage, et confié les clés de Roger à Beth, qu'elle avait priée de se rendre à Germantown pour attendre les déménageurs, une fois qu'ils en auraient fini chez elle.

Pour parachever son œuvre, elle avait demandé à sa secrétaire de veiller à ce que les cartons soient empilés les uns sur les autres devant la porte d'entrée afin de bloquer le passage, de sorte que Roger ne pourrait pas prendre Wendy dans ses bras pour lui faire franchir le seuil de sa maison. Bien fait pour lui, se félicita Stella avec un sourire en coin.

Son sourire se figea quand elle ouvrit la porte.

C'était Sam.

— Salut ! dit-il avec un sourire embarrassé qui la fit fondre.

Il portait un pull bleu marine à torsades sur un jean

plutôt défraîchi, et il était beau comme un dieu. M. Sexe personnifié !

— Euh... salut ! bredouilla Stella, sous le choc. Qu'est-ce que tu...

— Stella ! Stella ! l'interpella depuis le seuil de sa maison Mme Carter, sa voisine, qui jouait les chiens de garde, en toisant Sam d'un œil méfiant. Ce monsieur vous importune-t-il ? Dois-je appeler John ?

— Non, ce ne sera pas nécessaire, je vous remercie, répondit Stella.

Sam lui jeta un regard interrogateur.

— John ?

— C'est son fils. Je reçois souvent la visite de journalistes, de mannequins, et j'en passe. John est chargé d'expulser les indésirables. Mme Carter est mon cerbère à moi. Elle est très efficace. Que viens-tu faire ici ? ajouta-t-elle après un silence.

Sam se passa la main dans les cheveux, ébouriffant ses boucles brunes.

— Je... euh... j'étais dans le coin et j'en ai profité pour apporter tes photos.

— Oh ! lâcha Stella, horrifiée.

Le sourire de Sam s'effaça et il fit un pas en arrière.

— Mais si je te dérange, je peux...

— Non, non, tu ne me déranges pas du tout, protesta Stella qui, ayant retrouvé ses esprits et ses bonnes manières, ouvrit la porte en grand. Excuse-moi, mais j'attendais les déménageurs.

— Tu déménages ? demanda Sam.

— Non, c'est pour ça, expliqua Stella en désignant les cartons qui envahissaient le vestibule.

— Eh bien ! s'écria Sam avec un sifflement stupéfait.

Je comprends que tu aies besoin de déménageurs. Que vas-tu en faire ?

— Les transporter chez Roger.

Sam lui lança un regard admiratif.

— Dis donc, il aura une belle surprise à son retour de ta lune de miel.

— Oui ! approuva Stella, non sans fierté.

Le regard de Sam s'attarda sur l'une de ses dernières trouvailles — une superbe table de réfectoire dans le style baroque espagnol — qui meublait l'entrée.

— Quelle belle pièce ! s'extasia-t-il en caressant du doigt le bois sombre et poli. Noyer noir, milieu du XVIIᵉ siècle, c'est ça ?

— Exact, acquiesça Stella, impressionnée.

— Où l'as-tu dénichée ?

— Dans un vide-greniers, à Montgomery.

Il lui décocha un sourire de conspirateur.

— C'est le genre d'endroit que je fréquente beaucoup, moi aussi, avec les antiquaires et les brocantes. J'ai même trouvé des occasions uniques sur eBay.

Stella sentit une onde de chaleur lui gonfler la poitrine. Elle sourit. Dire qu'elle avait quelque chose en commun avec cet homme, dont elle ne voulait plus entendre parler quelques minutes auparavant, alors qu'elle avait perdu des années à s'inventer des affinités avec de pauvres types ! Quelle ironie !

— Tiens, moi aussi. Nous avons peut-être enchéri sur les mêmes objets, qui sait ?

— Tout est possible, admit Sam.

Si seulement c'était vrai, espéra Stella. Mais il ne fallait pas faire des châteaux en Espagne, comme disait sa grand-mère. Elle reprit son souffle.

— Alors, tu m'as apporté les photos ?

— Oui, tiens, les voilà, confirma Sam en lui tendant une enveloppe. Elles sont formidables, surtout celles du lit, ajouta-t-il plus bas, d'une voix un peu rauque.

Stella sentit ses seins se dresser de désir, et des vibrations se répercuter dans son ventre, alors que des images en gros plan de leurs deux corps, emmêlés dans des draps soyeux, se bousculaient dans sa tête.

— C'est très gentil à toi, dit-elle.

Un ange passa.

— Tu ne veux pas les regarder ?

Non, pas tant que tu seras là, en tout cas, songea-t-elle en cherchant désespérément un prétexte.

Ce qui était stupide.

N'avait-il pas constaté par lui-même, la veille, à quel point elle était prude ? D'ailleurs, il le lui avait même fait remarquer. Sans parler de sa crise quand la lumière était revenue. Il était parfaitement au courant de son problème, ce qui ne l'avait pas empêché d'agir avec le plus grand tact. Elle n'était pas obligée de mentir et pouvait aussi bien lui dire la vérité. Sa décision prise, elle se sentit mieux.

Elle fourragea dans ses cheveux pour se donner une contenance.

— Non, pas en ta présence, avoua-t-elle avec un pauvre sourire. Je suis un peu bizarre, je sais, mais si ça ne t'ennuie pas, je les regarderai plus tard et je te rappellerai.

— Comme tu voudras, acquiesça Sam, compréhensif.

Stella hocha la tête.

— Merci, dit-elle.

Souriant, Sam resta planté là, à la regarder. Le silence s'éternisa.

— Je suis en train de tout gâcher, grommela-t-il dans sa barbe en détournant la tête.

— Pardon ?

— Rien. Ecoute, autant te le dire, je ne passais pas par hasard. Les photos, c'était un prétexte pour te revoir.

Stella se laissa griser par ce que sous-entendaient ces paroles. Elle frissonna d'anticipation et son pouls s'emballa.

— Ah bon ? parvint-elle à articuler.

La voix de la raison avait beau lui répéter qu'elle était en train de se fourvoyer — les hommes étaient tous des enquiquineurs, oui ou non ? —, elle décida de ne pas l'écouter et de passer outre à ses réticences, tant elle était excitée à l'idée de vivre une nouvelle histoire d'amour.

— Oui. Je voulais te demander…, bafouilla-t-il avec un sourire d'excuse. Je voulais savoir si…

Stella attendit.

— … si tu avais envie de…

Elle commença à s'impatienter.

— … si tu avais envie de m'accompagner à Martindale ce week-end, acheva-t-il dans un souffle.

— Martindale, en Caroline du Nord ?

Il opina.

— Oui. En fait, c'est pour le boulot, j'assure le reportage d'un mariage, et… et j'aimerais que tu viennes avec moi.

Stella secoua la tête.

— Je ne pense pas que…

Sam la rejoignit en deux enjambées et l'enveloppa d'un regard brûlant en posant un doigt léger sur ses lèvres.

— Ne dis pas non. Arrête de réfléchir. Viens avec moi et c'est tout.

— Sam, je ne peux pas...

— Allez, viens, insista-t-il avec un sourire irrésistible.

La tentation était si forte.

— Merci, mais...

Les lèvres de Sam papillonnèrent sur les siennes. On aurait dit une prière, une promesse. Puis il mordilla gentiment ses lèvres et, quand elle s'abandonna et entrouvrit la bouche, il approfondit son baiser, insinuant une langue hardie, insistante, destinée à éveiller la passion et à l'amener jusqu'à la jouissance la plus débridée.

Doucement, lentement, il finit par s'arracher à sa bouche.

Stella s'écarta en titubant, le souffle coupé.

— S'il te plaît, murmura-t-il.

Le mot magique ! Comment résister à un homme qui savait à quel moment le prononcer ? Un homme qu'elle n'avait pas rencontré dans le cadre de son travail et qui n'avait aucune arrière-pensée ? Un homme qui la désirait simplement pour ce qu'elle était ? Stella soupira, savourant encore ce baiser envoûtant.

Puis elle s'entendit prononcer le mot qui allait sûrement lui attirer les plus grands tourments.

— D'accord.

9.

Sam ne savait pas ce qui lui avait pris de demander à Stella de l'accompagner à Martindale. Au volant de sa Chevrolet, deux jours plus tard, en la regardant dormir à côté de lui, il l'ignorait encore.

Il était passé la chercher au petit matin et, après quelques minutes de gêne où chacun se demandait à l'évidence ce qu'il faisait là, l'atmosphère s'était dégelée et ils s'étaient mis à bavarder de tout et de rien. En voyant Stella bâiller en arrivant à Johnson City, Sam lui avait suggéré de faire un petit somme.

Son cœur se gonfla tandis qu'il contemplait sa passagère assoupie, vêtue d'un pantalon confortable, les pieds dans des baskets. Elle avait tressé ses longs cheveux en une épaisse natte qui ondulait sur sa poitrine au rythme de sa respiration. Depuis des heures, il lui démangeait de la dénouer pour voir ses boucles retomber en liberté sur ses épaules.

Stella aurait eu tout le temps de l'appeler pour annuler leur week-end. Sam, qui le prévoyait, avait été dans les transes jusqu'à ce matin, quand il avait sonné à sa porte et l'avait trouvée qui l'attendait, fin prête, son bagage à ses pieds.

A la vérité, en se rendant chez elle, le mercredi précédent, il n'avait jamais eu l'intention de l'inviter à l'accompagner à Martindale. En fait, il n'avait même aucun plan particulier. Il voulait simplement la revoir afin de s'assurer qu'il n'avait rien inventé. Il le savait déjà, bien sûr, mais il avait besoin de s'assurer qu'il y avait toujours cette chimie entre eux.

Et il en avait eu la confirmation.

La chair de poule, les picotements, le désir étaient revenus en force, comme si chaque cellule de son corps la réclamait. Un seul de ses regards suffisait pour l'exciter. Il aurait voulu lui faire l'amour sur la table de l'entrée, contre la porte, n'importe où. Il avait tellement envie d'elle ! Si leur relation continuait à ce rythme, il n'était pas certain d'en sortir vivant.

Partagé entre la peur et sa libido, il en avait perdu la voix. La mise en garde de ses frères résonnait encore à ses oreilles, il avait des frissons partout et l'impression qu'il ne pourrait jamais contrôler l'excitation qu'il sentait monter en lui. Et quand elle lui avait servi le fameux sourire qui signifiait je-vous-ai-assez-vu — dont lui-même avait usé et abusé, mais dont il n'avait encore jamais fait les frais — il avait paniqué. Alors, en désespoir de cause, il avait saisi le premier prétexte qui lui était venu à l'esprit — le week-end à Martindale.

Mais plus il y pensait, plus l'idée le séduisait. Il devait filmer un mariage à l'hôtel Grand Court, un tout nouveau palace de quelque deux cent soixante-quinze chambres dans le style Renaissance française, situé sur le domaine de Ravenwood, au cœur de Blue Ridge. L'hôtel regorgeait de meubles d'époque et d'objets d'art, rassemblés par l'ancien propriétaire, Remington Rutledge. C'était un lieu extraordinaire pour les mordus d'histoire et les fanatiques d'antiquités. Stella allait adorer. D'ailleurs, quand il lui en avait parlé, ses yeux avaient brillé d'enthousiasme et elle lui avait confié avoir souvent rêvé d'y séjourner.

Le domaine, qui possédait des jardins spectaculaires, un vignoble et une cave, valait également le coup d'œil. Qui plus est, il y avait en ville pléthore de boutiques d'antiquités, le paradis des chineurs de tous poils.

Sam était convaincu qu'il n'aurait pu trouver mieux pour leur petite escapade. Certes, il allait être très occupé au cours du week-end, mais il aurait quand même le temps de lui faire visiter les lieux et, excepté le dîner suivant la répétition de la cérémonie, ils auraient toutes les nuits pour eux.

Sam n'avait pas l'intention d'aller trop vite en besogne. Il savait d'instinct que ce ne serait pas la bonne tactique avec la jeune femme. Mais il savait aussi que le temps jouait contre lui. Pourquoi était-elle partie après la nuit torride qu'ils avaient passée ensemble ? Etait-elle insensible ou, au contraire, effrayée ? Sam préférait opter pour la seconde hypothèse.

Et puis, le jour où il avait débarqué chez elle à l'improviste, elle avait été à deux doigts de lui montrer la porte. Elle lui avait clairement fait comprendre qu'elle n'envisageait pas de relation durable avec lui. Même s'il l'intriguait et l'attirait. De cela, il ne doutait pas.

Mais elle était décidée à garder ses distances. Il l'avait bien senti. Elle était amicale, mais réservée. Et elle avait usé de son charme pour lui faire savoir qu'elle voulait se payer un peu de bon temps, sans penser à rien. Pas d'attaches, pas de complication. Pourquoi ne s'offrirait-elle pas le luxe de dépasser un peu les bornes de la bienséance ? Après tout, ne lui avait-on pas reproché, à tort, sa conduite scandaleuse ? Elle avait bien le droit de prendre sa revanche. Bref, elle voulait l'utiliser comme objet sexuel, ce qui, en temps normal, aurait été plutôt flatteur, et même très agréable.

Oui, mais voilà, plus rien n'était normal.

Sam ne voulait pas se contenter d'un week-end, il la voulait pour toujours.

Aussi curieux que cela puisse paraître, ses gènes italiens l'avaient distinguée entre toutes les femmes. Il avait fini par l'admettre et cela le rendait d'autant plus nerveux. Il ne voulait pas faire un faux pas qui risquerait de tout gâcher. C'était d'ailleurs pour éviter un malentendu qu'il s'était enfin décidé à retirer son book du Chifferobe, comme il l'avait prévu. L'y laisser aurait pu avoir des conséquences catastrophiques.

Pour autant, il ne savait toujours pas comment il allait s'y prendre. Lui qui n'avait jamais ajouté foi au fameux coup de foudre des Martelli et qui, à la mort de sa mère, avait définitivement renoncé au mariage, n'avait aucune idée de la manière de construire une relation durable avec une femme. Il n'en avait jamais éprouvé le besoin.

Jusqu'à présent.

Sam inspira un grand coup en tournant la tête vers sa passagère. Le désir et autre chose qui dépassait son entendement le déchiraient avec une force invraisemblable. Il serra si fort le volant que ses phalanges blanchirent.

Mais au fond, puisque ces satanés gènes avaient réussi à trouver l'élue de son cœur, se rassura-t-il, ils sauraient bien lui souffler aussi la marche à suivre.

Car il allait avoir besoin d'aide.

Parce que s'il savait comment la faire vibrer, en revanche,

il ignorait tout du mode d'emploi pour la rendre heureuse…
ou la faire sienne.

Stella se demanda pendant combien de temps encore elle
allait faire semblant de dormir. Réveillée depuis plusieurs
kilomètres, elle n'avait pas osé remuer par crainte de se
trahir et s'était laissé bercer par les accents de « Proud
Mary » des CCR dont Sam avait inséré l'album dans le
lecteur de CD high-tech de la voiture.

Même s'il aimait l'ancien et était porté sur l'éclectisme,
Sam n'était pas réfractaire au progrès, songea-t-elle.
Elle avait remarqué dans son loft un ordinateur dernier
modèle ainsi qu'un téléviseur plasma. A en juger par ses
goûts dispendieux, il devait très bien gagner sa vie, en
conclut-elle.

Il possédait également quelques meubles de prix. Elle
avait lorgné, entre autres, sur un très beau secrétaire de
l'époque victorienne qui devait valoir son pesant d'or.

Mais ça n'avait rien à voir avec les raisons qui l'avaient
incitée à accepter ce voyage, sans parler de celles qui
l'avaient empêchée de se décommander.

Toutefois, les vraies raisons étaient plus que floues :
à plus de quatre cents kilomètres de chez elle, elle ne
comprenait toujours pas ce qui lui avait pris d'accepter
l'invitation de Sam.

D'abord furieuse d'avoir craqué, elle s'était ensuite
demandé ce qu'elle allait emporter dans son sac. Quel
imbroglio ! Il fallait dire que, sans le savoir, Sam avait
touché la corde sensible — elle mourait d'envie de visiter
le domaine de Ravenwood, mais elle n'en avait jamais
trouvé le temps, à cause d'un calendrier surchargé ou

parce qu'elle s'était lancée dans un nouveau dada pour faire plaisir à son petit ami du moment.

En d'autres termes, elle n'avait jamais pris le temps de penser à elle.

Or, elle avait besoin de s'évader, sans parler de l'alléchante perspective de passer un week-end entier dans un lieu de rêve avec ce photographe si sexy. Comment résister ? Mais, si elle n'y prenait pas garde, elle risquait de devenir aussi accro à Sam Martelli qu'au chocolat !

A la réflexion, lui aurait-il proposé une autre destination qu'elle l'aurait sans doute refusée. Sachant la formidable attirance qu'elle éprouvait pour lui — elle était encore tout excitée au souvenir de leurs étreintes passionnées — la perspective de partager son lit pendant un week-end entier aurait été tout à fait déraisonnable. Le bon sens aurait fini par l'emporter, du moins l'espérait-elle.

Quoi qu'il en soit, elle avait failli le congédier quelques minutes après l'avoir découvert sur le seuil de sa maison. Et pour ne pas se dégonfler, elle s'était récitée sa rengaine, son nouveau mantra — la politique des petits pas, les minuscules victoires, et les hommes sont des enquiquineurs.

Mais il avait suffi que Sam pose ses lèvres sur les siennes, en la suppliant, et en lui faisant miroiter la perspective de l'accompagner dans ce lieu paradisiaque, pour balayer ses résistances.

Si son baiser avait été violent, possessif, elle aurait décliné son invitation. La colère aurait été sa plus sûre alliée. Mais cela aussi, Sam semblait l'avoir deviné, ce qui, en soi, était un peu effrayant, et il avait su exactement comment la faire capituler — par la persuasion plutôt que par la contrainte.

Par ailleurs, le fait qu'il semblait réellement s'intéresser à elle et qu'il n'ait pas l'intention de l'utiliser pour favoriser sa carrière, avait largement influencé sa décision. Contrairement à ses ex, ces odieux profiteurs, ce n'était pas un escroc ou un comédien, et il ne courait pas après le succès, ou son compte en banque. C'était rafraîchissant.

En définitive, au lieu de se torturer et de s'imposer des règles idiotes qui ne faisaient que la frustrer, Stella avait décidé d'accepter ce qu'il lui offrait. Son invitation ne pouvait d'ailleurs pas mieux tomber. Elle était libre jusqu'à la fin de la semaine et, hormis l'instant horrible où les lumières s'étaient rallumées, l'autre nuit, elle avait déjà fait d'énormes progrès pour surmonter sa timidité proverbiale.

Un simple coup d'œil à ses photos le lui avait confirmé.

Aussitôt Sam parti, elle avait inspiré un grand coup et ouvert l'enveloppe d'une main tremblante. Et elle n'en avait pas cru ses yeux. Cette femme ne pouvait pas être elle. C'était incroyable, proprement renversant.

Dans la première série de photos, curieusement, elle se trouvait sexy malgré son air tendu et son sourire un peu crispé. Elle s'était examinée d'un œil critique. Elle n'était peut-être pas sensationnelle, mais elle n'était pas mal, pas mal du tout même. Bien sûr, elle n'avait pas la taille mannequin. Elle était de petite taille, solidement charpentée avec des courbes pleines, mais elle avait un beau visage et respirait la santé, c'était déjà quelque chose.

De cliché en cliché, elle se détendait, avait-elle constaté. Elle avait décelé le désir au fond de ses yeux, puis la passion, et elle avait remarqué que son sourire se faisait de plus en plus charmeur à mesure que son corps s'alanguissait. Il y avait une lueur lascive dans son regard, et elle paraissait heureuse, à défaut d'un meilleur qualificatif. Sam avait fait du bon boulot. Plus que son corps ou ses dessous affriolants, c'était elle qu'il avait su capter.

Elle avait disséqué chaque photo avec un regard professionnel. Sam Martelli avait indubitablement le coup d'œil, un talent fou. La lumière, la composition, le cadrage, tout était parfait, dans les moindres détails. Ses photos étaient des œuvres d'art, tout à la fois impertinentes, fascinantes et très sensuelles.

Elle l'aurait volontiers recruté dans sa société, même s'il ne semblait pas l'avoir attendu pour réussir sa carrière. Mais elle pouvait toujours essayer. L'équipe du Chifferobe était à la hauteur, il n'y avait rien à redire, mais il était toujours possible de s'améliorer et le talent de Sam serait un plus pour son catalogue. Elle s'était promis d'y réfléchir.

Stella sentit que le 4x4 quittait l'autoroute. Elle ne pensait pas qu'ils étaient déjà arrivés, bien qu'elle ignorât combien de temps elle avait dormi. Une demi-heure ? Trois heures ? En tout cas, elle sentait le besoin de faire un brin de toilette et de boire quelque chose.

Elle s'étira, se frotta les yeux et feignit de se réveiller. Son cœur fit un bond quand Sam tourna la tête et lui sourit.

— Coucou ! murmura-t-il. Tu te sens mieux ?

Il stoppa dans une station-service et se gara devant une pompe libre.

— Beaucoup mieux, répondit-elle en étouffant un bâillement. Où sommes-nous ?

Sam coupa le contact.

— Nous sommes bientôt arrivés. Il reste une cinquantaine de kilomètres à peine. Je vais faire le plein, et ensuite j'irai boire et manger un morceau. Veux-tu que je te rapporte quelque chose ?

— Non, merci. Je vais passer aux lavabos, je verrai après, ajouta-t-elle avec un sourire gêné.

Sam hocha la tête et descendit de voiture. De son côté, Stella entra dans le libre-service et gagna les toilettes. En ressortant, elle repéra Sam qui se dirigeait vers le rayon confiserie, une canette à la main.

Mon Dieu ! Qu'il était sexy ! songea Stella, éblouie. Avec sa haute taille et son magnétisme, il ne passait pas inaperçu. Ses boucles noires ébouriffées et son visage mince, légèrement rosi par le froid, lui donnait un air juvénile qui contrastait avec son physique de beau ténébreux italien. Il portait une chemise de flanelle dans les tons verts et un jean qui moulait ses cuisses musclées et ses fesses admirables.

Stella sentit une bouffée de désir lui transpercer le ventre et remonter jusqu'à la pointe de ses seins. Elle retint son souffle, alors que le souvenir du délicieux dévergondage auquel ils s'étaient livrés, deux nuits plus tôt, enflammait son imagination. Il leva la tête, lui sourit et s'humecta machinalement les lèvres.

Stella se figura aussitôt cette langue experte la léchant, la goûtant, la caressant à l'endroit le plus sensible de sa féminité jusqu'à la faire crier de plaisir.

Dire qu'elle se trouvait dans une station-service, au milieu de nulle part, une boisson chocolatée à la main, et que c'était à ça qu'elle pensait ! C'était complètement dingue. Elle mourait d'envie de l'attirer dans les toilettes, éteindre la lumière et le supplier de la plaquer contre la porte et de la prendre ici et maintenant, expérience qu'elle n'avait encore jamais tentée de sa vie. Elle était moite et brûlante d'excitation.

Sam surprit son regard. Il dut lire dans ses pensées,

car il reposa en hâte ce qu'il avait à la main et franchit d'un bond la distance qui les séparait, ses yeux sombres rivés sur les siens.

Frissonnante d'anticipation, Stella soutint son regard.

— Viens, dit Sam.

Il emmêla ses doigts aux siens et l'entraîna vers les lavabos.

Stella sentit une montée d'adrénaline lui fouetter le sang, elle lâcha un petit rire saccadé et crut même s'entendre murmurer « d'accord » sans en être tout à fait sûre.

Il s'effaça et la suivit dans les toilettes. Après quoi, il l'adossa sans ménagement à la porte, la verrouilla, saisit son visage entre ses mains et l'embrassa passionnément. Le souffle court, elle savoura ses lèvres avec un soupir de contentement, tandis qu'il plongeait sa langue dans sa bouche et commençait un lent ballet sensuel.

Elle se pendit à son cou et se plaqua contre lui, prenant tout ce qu'il avait à lui donner. Elle avait envie de lui à en avoir mal, et elle se tortilla de plus belle dans l'espoir d'apaiser la vibration intense qui palpitait entre ses cuisses. Les pointes de ses seins se dressèrent aussitôt, et la tension monta encore d'un cran.

Elle sentit la force de son désir pressée contre son ventre. Elle le voulait désespérément, elle rêvait de le sentir l'envelopper de partout, autour d'elle, en elle, faire partie d'elle.

Sam abandonna sa bouche et traça un sillon incandescent le long de son cou, et puis plus bas, entre le sillon délicat de ses seins. Elle poussa un gémissement ravi quand il happa un mamelon et le taquina à travers la soie de son soutien-gorge. Puis il écarta les jambes, colla ses hanches contre son ventre et entreprit un lent mouvement de va-et-vient, le bouton de sa braguette frottant délicieusement contre son sexe brûlant. Elle laissa échapper une plainte silencieuse, se pressa encore plus étroitement contre lui et remua en cadence. Elle n'en pouvait plus d'attendre.

Le besoin devenait irrépressible.

Sam intensifia le rythme de ses déhanchements.

— Dis-moi ce que tu veux.

— Tu le sais bien, balbutia-t-elle, haletante.

Il le savait, en effet. Mais il voulait qu'elle le dise, qu'elle assume pleinement ses actes.

Il reprit ses lèvres, sa langue se mêlant à la sienne comme une répétition d'autres ébats encore plus sensuels, dans un baiser plus dur, exigeant, qui lui coupa le souffle.

— Dis-le, répéta-t-il, la voix rauque de désir.

Stella ferma les yeux et cessa de penser. L'attente lui faisait perdre la tête. Sa respiration s'accéléra. Chaque fibre de son corps réclamait qu'il la comble, tout de suite, et la mène au bord de l'extase. Plus rien ne comptait que son désir, un désir brut, fou, merveilleux.

— Toi, c'est toi que je veux, murmura-t-elle.

Sam sourit et étendit la main pour éteindre la lumière, plongeant les lieux dans une totale obscurité. Pour elle, bien sûr. Cette délicate attention lui fit chaud au cœur et elle se promit de l'en remercier dès qu'elle aurait recouvré un semblant de raison. Mais pas maintenant…

Sans perdre une minute, Sam lui enleva son pantalon et sa petite culotte et, quand il glissa deux doigts entre ses cuisses, elle crut exploser en mille éclats.

— Tu es toute moite ! soupira-t-il.

Elle effleura son sexe à travers le pantalon.

— Et toi, tu es si dur !

Sam eut un petit rire.

— C'est de ta faute. C'est l'effet que tu me fais.

Stella s'activa sur les boutons, le débarrassa de son jean et de son boxer, et referma les doigts sur son sexe gonflé de désir.

— Ah ? Et quel effet je te fais ?

Sam frémit sous la caresse avant de se dégager pour pêcher dans la poche de son pantalon un préservatif qu'il enfila.

— Tu… tu m'excites, Stella, murmura-t-il, le souffle court. En fait, tu m'excites depuis que je te connais.

— Dans ce cas, nous sommes à égalité, répliqua-t-elle, le cœur chaviré de bonheur. J'étais moite de désir dès l'instant où je t'ai vu.

— Parfait. Cela signifie qu'il y a un bon bout de temps que nous sommes prêts.

— Prêts à quoi ?

— A ça.

Sam la souleva, lui noua les jambes autour de sa taille et la pénétra d'un coup de reins. Stella gémit à mi-voix et s'agrippa à son cou pour mieux l'absorber.

Sam l'embrassa avec passion tandis qu'il allait et venait en elle, toujours plus vite, toujours plus fort. Secouée de frissons, Stella se raidit, au bord de l'orgasme. Sam dut le sentir car il ralentit la cadence.

— Sam ! protesta-t-elle.

Elle s'arc-bouta et se contracta autour de lui, partagée entre la douleur et le plaisir chaque fois qu'il se retirait pour mieux replonger en elle.

Sam lui empoigna les fesses.

— Dis « s'il te plaît », ordonna-t-il, savourant le pouvoir qu'il exerçait sur elle.

Ah non ! songea Stella. Elle l'avait déjà supplié une

fois, elle n'allait pas recommencer. Se tortillant comme elle pouvait, elle s'efforça de s'écarter, l'empêchant de la pénétrer aussi profondément qu'il l'aurait souhaité.

— Petite diablesse ! murmura-t-il avec une pointe d'admiration dans la voix.

Il tenta de l'attraper par les hanches, mais elle résista en s'agrippant à ses épaules.

— Stella ! gronda-t-il en essayant de reprendre le contrôle de la situation.

Triomphante, elle ne céda pas.

— Oui ?

— S'il te plaît, souffla-t-il, vaincu.

Elle relâcha son étreinte et il l'empala sur lui, dans un rythme de plus en plus rapide, jusqu'à ce qu'une vague de plaisir l'emporte dans un tourbillon gigantesque. Le corps secoué de spasmes, elle poussa un cri de jouissance que Sam recueillit avidement sur ses lèvres.

Quelques secondes plus tard, quand Sam se tendit pour la rejoindre, émerveillée, elle sentit une onde de chaleur traverser son ventre et réveiller en elle un autre frisson de jouissance.

Un coup frappé à la porte les fit sursauter.

— Ça va, là-dedans ? cria une voix masculine.

Stella enfouit sa tête au creux de l'épaule de Sam pour réprimer son fou rire.

— Euh… oui, hoqueta Sam qui avait toutes les peines du monde à garder son sérieux. Tout va bien.

— Bon, dit la voix. Je voulais m'en assurer.

— Tout va bien, répéta Sam.

— Monsieur, savez-vous que vous êtes chez les dames ?

Delaney ne put retenir un petit gloussement.

— Je viens de le comprendre, répliqua Sam.

— Dites, madame, vous allez bien ? Avez-vous besoin d'aide ? insista l'homme.

Seigneur ! Il devait croire qu'on l'avait entraînée ici de force, songea Stella.

— Non, non. Inutile de vous déranger.

— Puisque vous le dites…, marmonna l'homme sans conviction en s'éloignant d'un pas traînant.

Ils se rhabillèrent en riant et se hâtèrent de ressortir. Delaney se dépêcha de retourner à la voiture où Sam la rejoignit un peu plus tard, rouge de confusion.

Il posa la canette sur le tableau de bord et lui tendit une barre de céréales.

— Heureusement que je ne risque pas de le revoir, ce type, grimaça-t-il. J'ai eu droit à un de ces sermons sur le sexe avant le mariage et les maladies honteuses, je croyais entendre mon père !

— Sam ? l'interrompit Stella.

— Oui ?

— Je crois que tu vas devoir revoir ce type.

Il la regarda, interrogateur.

— Mon chocolat glacé, expliqua-t-elle avec un grand sourire. Tu l'as oublié…

Sam étouffa un juron et retourna piteusement à la boutique.

Stella éclata de rire. Ce n'était peut-être pas très malin d'accepter cette invitation, mais au moins, c'était beaucoup plus drôle que de se morfondre toute seule à la maison.

Jusqu'à maintenant, en tout cas.

10.

Emerveillée, Stella contempla le paysage grandiose qui se déroulait sous ses yeux. Sinuant à travers une région vallonnée, la route passa un pont de pierre et déboucha sur la demeure qui arracha à Stella un cri d'admiration.

Le château, colossal, était une pure merveille de pierres, délicatement ouvragées, où nul détail n'avait été laissé au hasard.

— C'est stupéfiant, n'est-ce pas ? commenta Sam, ravi de son enthousiasme.

— Oui, approuva-t-elle, médusée. Tu es déjà venu ?

— Très souvent. Je me débrouille pour y retourner au moins deux fois par an. L'endroit est époustouflant à l'automne, quand les feuilles changent de couleur. Et puis on peut descendre la rivière en kayak, derrière la propriété, c'est absolument fabuleux. J'ai pris des photos sous tous les angles et j'ai même réussi à en vendre quelques-unes. Et à Noël, le spectacle est magnifique. Tous les arbres du parc sont illuminés et chaque chambre est décorée.

— Ce doit être merveilleux.

— Oui. Et ça vaut aussi le coup d'œil au printemps, quand tout est en fleurs. Il y a d'innombrables variétés de tulipes, de jonquilles, d'iris… Il paraît que c'est l'un des plus beaux jardins à l'anglaise du pays.

Stella hocha la tête, subjuguée par l'imposante bâtisse qui se rapprochait peu à peu. Un vaste bassin oblong était creusé au centre de la cour d'honneur, soigneusement entretenue et entourée d'une allée pavée.

— L'été, on donne des concerts sur la terrasse, poursuivit Sam. J'ai écouté Billy Joel, une année.

— Vraiment ?

La voiture franchit la grille en fer forgé qui s'ouvrait sur la cour d'honneur.

— Oui, c'était fantastique. Il se passe toujours quelque chose ici. Je suis sûr que tu vas adorer.

Stella n'en doutait pas et elle était impatiente d'explorer la bâtisse de fond en comble.

— Dois-tu te mettre à travailler tout de suite ? s'enquit-elle, un peu inquiète.

— Non, pas tout de suite. J'ai amplement le temps. Nous allons nous installer, grignoter quelque chose et puis je te montrerai la maison. J'ai prévu deux autres visites pour demain, le chemin de ronde et les dépendances. Ça vaut vraiment le déplacement, tu verras. Sans oublier la cave, les jardins et deux ou trois boutiques d'antiquités, en ville, où j'aimerais faire un saut avant de repartir. Ça te va, comme programme ?

— C'est parfait.

Au fond, elle n'aurait pas fait mieux elle-même, rumina-t-elle, partagée entre le contentement et l'effroi. Il avait le don de faire et de dire ce qu'il fallait, au moment où il fallait, songea-t-elle, de nouveau excitée au souvenir de sa bouche et de ses doigts courant partout sur son corps.

Comme dans la station-service, tout à l'heure.

Elle se rejoua mentalement la scène.

Comment avait-elle osé faire l'amour dans des toilettes publiques, elle qui n'avait jamais pu s'y résoudre ailleurs que dans un lit, et dans la plus totale obscurité, en plus ? Mais il l'avait regardée avec des yeux si brillants de convoitise, à la manière du Grand Méchant Loup lorgnant le Petit Chaperon rouge, qu'elle l'avait suivi dans les toilettes où il avait fait exactement ce qu'elle rêvait qu'il fasse — qu'il la prenne vite et bien, debout contre la porte.

A croire qu'il avait le don de double vue. Elle s'empressa d'écarter cette idée farfelue. Il ne pouvait pas lire dans ses pensées. Il était simplement intuitif et perspicace. Et ils avaient beaucoup de points communs, voilà tout. C'était une nouveauté. Elle n'avait jamais rencontré quelqu'un comme Sam Martelli.

Son regard glissa sur son profil de médaille. Dieu qu'il était beau ! Et il ne ressemblait à personne. Il ne se laissait pas cataloguer. Il était unique. Comme elle, lui souffla une petite voix importune.

Le 4x4 franchit alors une petite colline derrière laquelle l'édifice se matérialisa dans toute sa splendeur, monopolisant son attention. Avec son imposante façade gris clair, il ressemblait à une demeure seigneuriale avec ses fenêtres, ses tourelles innombrables et son splendide parc. C'était du dernier chic !

Sam se gara sous la porte cochère et tendit les clés au voiturier, tandis qu'un chasseur s'empressait d'ouvrir la portière de Stella. En quelques secondes, les bagages et le matériel photo étaient déchargés et transportés dans le luxueux hall de l'hôtel. La salle, décorée dans des camaïeux de rouge, de vert et d'or, était d'une sobre élégance avec son haut plafond, ses murs lambrissés de bois d'érable et ses dalles de marbre crème.

Main dans la main, ils se dirigèrent vers l'accueil. Une blonde incendiaire à la poitrine opulente décocha à Sam un sourire ravageur. Stella en éprouva une jalousie irraisonnée et faillit lui jeter à la figure qu'elle venait d'avoir un orgasme fulgurant dans des toilettes publiques avec l'homme qu'elle avait le sacré toupet de reluquer.

— Bonjour, monsieur Martelli, je suis ravie de vous revoir, susurra la blonde qui tapota à toute vitesse sur le clavier de son ordinateur. Vous avez votre suite habituelle. Voilà pour vous, dit-elle en posant sur le comptoir une enveloppe contenant les clés magnétiques de la chambre. Désirez-vous autre chose ? reprit-elle. « Comme moi ? » termina in petto Stella, suppléant l'invite implicite.

Apparemment sous le charme, Sam lui rendit son sourire en ramassant l'enveloppe.

— Non, je vous remercie.

— Dans ce cas, Antony va vous montrer votre suite, dit la blonde en désignant un groom.

Daignant enfin s'apercevoir de l'existence de Stella, elle la gratifia d'un regard qui lui donna l'impression d'être transparente.

— Je vous souhaite un excellent séjour, ajouta-t-elle.

— Oh, je suis sûre qu'il le sera, lança Stella avec un sourire venimeux, sans quitter Sam des yeux.

Sam la guida vers l'ascenseur en réprimant un gloussement de joie.

— Rentre tes griffes, ma chérie. Elle voulait juste être aimable.

— Bien sûr. Avec toi.

Sam éclata d'un rire qui lui tourneboula les sens. Quand

l'ascenseur arriva et que le groom leur eut ouvert la porte, il l'entraîna à l'intérieur, une main délicieusement plaquée sur la chute de ses reins.

— Tu verras, le jour où les rôles seront inversés, reprit-elle en lui donnant une petite bourrade sur le bras. Rira bien qui rira le dernier.

Stella nota avec satisfaction qu'il ne pavoisait plus.

— Désolé, s'excusa-t-il, la mine dépitée. M'en voudrais-tu si je t'avouais que j'aime te voir un peu jalouse ?

Un peu jalouse ! C'était un euphémisme. Elle aurait bondi comme une tigresse par-dessus le comptoir pour lui régler son compte, à cette fille ! Un acte complètement insensé, mais elle se sentait mieux rien que d'y penser.

— La réponse est oui. Mais je me verrais très bien coller le mot « occupé » sur le devant de ton pantalon, plaisanta-t-elle. Tu vois, nous sommes à égalité, alors tu es pardonné.

Le groom ne put s'empêcher de rire. Stella rougit. Elle avait oublié qu'ils n'étaient pas seuls.

Sam se remit à rire de plus belle, les yeux pétillants de gaieté.

— Merci, dit-il en lui caressant la joue du bout de son index.

L'ascenseur les déposa en douceur au dixième étage et ils suivirent l'employé dans le couloir. Quelques secondes plus tard, il les introduisit dans la suite la plus somptueuse que Stella eût jamais vue. Pourtant, les palaces, elle connaissait. Quand elle se déplaçait, elle ne regardait pas à la dépense.

Située au sommet d'une tourelle, leur suite, luxueusement aménagée, portait le nom du propriétaire actuel, James Morgan Pierce. Elle comportait, entre autres, une immense chambre à coucher, un salon spacieux, une salle à manger, un bar et une dépense.

Décorée dans des dominantes de jaune pâle et de bleu clair et recouverte d'une épaisse moquette, chaque pièce contenait des copies de meubles d'époque et plusieurs fenêtres rondes donnant sur les Blue Ridge. On se croyait presque faire partie du paysage. C'était spectaculaire et très romantique.

Au fond, elle pourrait très bien s'enfermer dans cette chambre avec Sam pendant toute la durée du week-end, se dit Stella en regardant Sam remercier le groom avec un pourboire. Elle sentit le désir lui faire de nouveau bouillir le sang. Moins d'une heure plus tôt, il lui avait procuré un de ces orgasmes enrobés de chocolat dont il avait le secret et pourtant, il lui suffirait de lever le petit doigt pour qu'elle noue ses jambes autour de sa taille et le supplie de la posséder. Son rythme cardiaque s'accéléra lorsque Sam se retourna, croisa son regard et lui sourit.

— Quel luxe, c'est inimaginable ! s'extasia-t-elle.

— N'est-ce pas ? J'étais sûr que tu apprécierais.

— Et tu avais raison.

Ses lèvres magnifiques s'incurvèrent en un sourire dévastateur.

— En récompense, m'autoriseras-tu à te prendre en photo pendant ce week-end ?

— Ça dépend, répondit prudemment Stella.

Elle se doutait de ce qu'il concoctait et, curieusement, l'idée lui plaisait. Elle avait d'ailleurs pris la précaution d'emporter quelques-unes de ses créations dans ses bagages. Un nouveau petit pas et une autre minuscule victoire, se dit-elle, enchantée.

146

— Ça dépend de quoi ? demanda Sam, avec une lueur de malice dans le regard.

Stella se laissa tomber sur l'ottomane et se déchaussa en soupirant de soulagement.

— Des photos.

— Oh, c'est simple. Tes désirs seront des ordres.

— Dans ce cas, il va falloir que j'y réfléchisse, éluda-t-elle avec un petit frisson d'excitation. Et maintenant, que fait-on ? On va manger un bout et explorer un peu les lieux ?

— Bien sûr. Tu sais, en dehors du dîner de ce soir après la répétition de la cérémonie et, naturellement, du mariage, demain après-midi, j'ai tout le reste du temps à te consacrer.

Parfait, songea Delaney, parce qu'une fois la visite du domaine terminée, elle avait bien l'intention de se consacrer à lui.

A plein temps.

Elle avait le même regard, songea Sam. Ce regard lascif qu'elle avait posé sur lui à la station-service. En voyant ses yeux verts assombris de désir, il avait su sans aucune hésitation qu'elle avait envie de lui.

Tout de suite.

Il était tellement excité que, sans plus réfléchir, il l'avait presque poussée vers les toilettes et prise sans ménagement contre la porte.

Sam n'était pourtant pas bégueule et il avait vécu toutes sortes d'expériences amoureuses. Il avait fait l'amour au cinéma, dans une voiture — en conduisant ! une erreur impardonnable —, et même dans le photomaton d'un centre commercial.

Avec la maturité, il se plaisait à croire qu'il avait changé, et ses goûts aussi. Il n'était pas comme ces expéditifs qui se contentaient de tirer leur coup. Non, il aimait faire durer les préliminaires, sentir, caresser, modeler ses réactions sur celles de sa partenaire, repousser la jouissance le plus loin possible. Il prenait son temps parce que, estimait-il, l'attente n'en était que plus exquise. Il se considérait comme un jouisseur et n'aimait rien tant que le jeu de la séduction, depuis le premier baiser, quand les souffles se mêlent pour la première fois, jusqu'à l'apothéose finale, en passant par toutes les phases intermédiaires.

Mais il suffisait d'un seul regard langoureux de Stella pour qu'il perde la tête, comme s'il devenait esclave de sa libido, ne pensant plus qu'à s'enfouir entre ses jambes. C'était de la folie pure, mais avec elle, curieusement, cela semblait juste, naturel. De toutes les manières possibles.

— J'ai faim, annonça abruptement Stella.

— Moi aussi, renchérit Sam, amusé par sa spontanéité. On appelle le service d'étage ou on descend au restaurant ? Qu'en dis-tu ?

— Allons au restaurant. Mais je préfère prendre le petit déjeuner dans la chambre le matin. On s'occupera des bagages plus tard, d'accord ?

Sam hocha la tête en se caressant pensivement le menton. Il aurait amplement le temps d'installer son matériel s'ils se débrouillaient pour rentrer vers dix-huit heures.

— Ça marche. Il faudra d'abord que je m'occupe de mon matériel et j'en aurai ensuite pour deux heures de travail environ. Après, nous aurons le reste de la soirée à nous. J'en profiterai pour prendre les photos dont je t'ai parlé, si tu veux bien.

Les yeux de Stella pétillèrent.

— Tu as de la suite dans les idées, toi au moins.

— C'est vrai… surtout quand le jeu en vaut la chandelle.

— Oui, mais patience et longueur de temps… comme on dit, déclama sentencieusement Stella, avec une lueur de malice dans ses yeux verts.

Elle était peu encline à la patience à la station-service, tout à l'heure, songea Sam qui préféra garder ses réflexions pour lui.

— Peut-être, mais c'est parfois surfait.

— Crois-tu ? Est-ce une simple hypothèse ou une constatation personnelle ? s'enquit-elle avec une pointe d'humour.

Il lui tendit la main pour l'aider à se relever.

— Une constatation personnelle. Je te parie qu'à un moment ou un autre, pendant ce week-end, j'aurai l'occasion de t'en faire la démonstration.

La prochaine fois qu'elle l'implorerait de la faire jouir, par exemple, songea Sam.

Sa petite main dans la sienne, Stella se remit debout et se retrouva dans ses bras. Sam resserra son étreinte, s'enivrant de son délicat parfum fleuri, savourant le contact de ses seins généreux, frottant délicieusement contre sa poitrine. Une onde de chaleur lui parcourut l'échine et se logea au niveau de son entrejambe, tandis que ses poils se hérissaient.

— Chiche ! Mais je propose de doubler la mise, susurra-t-elle d'une voix enjouée, une étrange lueur au fond des yeux.

Sam ressentit une certaine gêne, comme s'il était pris à son propre piège.

— Ah, et à quoi penses-tu ? demanda-t-il sans se départir de son calme.

— Je parie que c'est moi qui t'en ferai la démonstration la première.

Sam recula imperceptiblement.

— J'accepte le défi.

Les yeux de Stella s'illuminèrent.

— Mais je te préviens que je suis sûre de gagner.

En d'autres termes, elle avait l'intention de l'obliger à la supplier le premier. Parfait. Elle allait voir ce qu'elle allait voir. Il allait lui donner une bonne leçon qui serait un grand moment de bonheur partagé.

— Et si tu perds ?

— Si je perds, je te laisserai prendre tes photos.

— Et si tu gagnes ?

— Si je gagne, c'est moi qui te prendrai en photo, assena-t-elle avec un sourire espiègle.

— Q… quoi ? s'étrangla Sam en blêmissant.

— Si je gagne, c'est moi qui te prendrai en photo, répéta-t-elle en riant sans vergogne. Je te dirai comment t'habiller, quelles poses prendre, etc. Et le rouleau, c'est moi qui le garderai, je te préviens.

Sam sentit sa belle assurance fondre comme neige au soleil. Il ne s'était jamais retrouvé face à l'objectif et, sans trop savoir pourquoi, cette idée ne lui disait rien qui vaille. Pourtant, il veillait à rester en forme et fréquentait régulièrement un gymnase. Il ne doutait pas d'avoir du sex-appeal. Et, au risque de paraître vaniteux, il se fichait éperdument d'être ou non photogénique.

Mais cette idée lui déplaisait.

Il avait beau gagner sa vie grâce aux photos de charme — de femmes ou de gays — il n'avait curieusement pas le cran de se retrouver de l'autre côté de la barrière. Cette découverte le rendit un peu mal à l'aise.

— Ah, ah, on dirait que tu as peur de perdre, hein ? se moqua Stella.

— Absolument pas, s'insurgea Sam, piqué au vif.

Le prenait-elle pour un froussard ? Elle allait voir à qui elle avait affaire. En fait, s'il perdait quelque chose, c'était bien sa lucidité dès que cette petite diablesse était dans les parages. Mais si elle gagnait ce stupide pari, elle s'emparerait de son appareil photo et… Son esprit s'obscurcit. Il préférait ne pas penser à ce qui se passerait ensuite.

— Puisque nous sommes d'accord, tope-là ! conclut-elle joyeusement en joignant le geste à la parole.

Dans quel guêpier s'était-il fourré ? Mais bon, au point où il en était, autant faire contre mauvaise fortune bon cœur. Il allait se débrouiller pour ne pas le perdre, ce fichu pari, songea Sam avec philosophie. D'ailleurs, dès cette nuit, il commencerait par la remettre à sa place.

Couchée sur le dos !

En attendant, il se contenterait d'un expédient.

— Je connais une bien meilleure façon de sceller un pacte, murmura-t-il.

Il l'attira contre lui et leurs lèvres s'unirent dans un baiser tendre et fougueux, comme un aperçu d'autres délices, un avant-goût du paradis, qui laissa la jeune femme pantelante, les jambes en coton.

Sam adorait l'embrasser, savourer sa bouche délectable où il aurait pu se perdre à l'infini. Et quand, à regret, il finit par s'écarter, il avait du mal à respirer et il lui sembla que tout vacillait autour de lui.

Serait-ce une prémonition ? se demanda-t-il, troublé.

11.

Trois heures plus tard, une fois la visite de l'hôtel achevée et l'appareil photo numérique de Sam déposé en lieu sûr, ils se rendirent dans le salon de thé, aménagé dans les anciennes écuries.

Stella était encore étourdie d'images et de couleurs. La magnificence du palace et la splendeur de son mobilier dépassaient l'imagination. Elle s'était extasiée devant l'architecture, les motifs ornementaux raffinés, à l'exécution parfaite, les murs tendus de soie, les dorures, les œuvres d'art et les objets datant du début du siècle.

Aujourd'hui, il lui avait été donné d'admirer des originaux dont, jusqu'à présent, elle ne connaissait que les reproductions dans des livres d'art. Des tapisseries flamandes du XVe siècle, des tableaux de Renoir, de Whistler, etc. Des frises grecques. Une toile de Pellegrini, un peintre italien du XVIIIe siècle, ou encore un jeu d'échecs en ivoire qui, disait-on, aurait appartenu à un célèbre empereur français.

Stella en était restée abasourdie, éblouie, sans voix.

Elle considéra Sam par-dessus son café crème. Elle devait reconnaître que sa présence rassurante et stimulante avait décuplé son plaisir. Il ne l'avait effectivement pas quittée d'une semelle. Avec quelle délectation avait-elle senti son bras passé autour de sa taille, sa main posée sur la chute de ses reins ou ses doigts emmêlés aux siens !

Même si Sam avait déjà visité les lieux un nombre incalculable de fois, on aurait dit qu'il était aussi fasciné qu'au premier jour. Et il semblait prendre un égal plaisir à observer ses réactions. Surprenant par deux fois son regard intense fixé sur elle, elle avait senti de délicieuses vibrations crépiter dans son ventre.

Elle savait que sa conduite était déraisonnable, mais elle ne pouvait s'empêcher de savourer chaque instant, chaque minute passée en sa compagnie. Et croire qu'en ressassant les déceptions, le calvaire dont elle avait souffert, ou en se récitant sa litanie habituelle — les enquiquineurs, les petits pas et les minuscules victoires — serait un remède suffisant pour lui épargner d'autres erreurs, n'était qu'un leurre.

Sam Martelli lui plaisait.

Renoncer à la gent masculine constituait certes une attitude rationnelle, en théorie, mais comment résister à cet homme ensorcelant, si rayonnant de virilité ? Il suffisait qu'il pose son regard sur elle pour qu'elle perde pied et se sente brûlante de partout.

Bien sûr, elle n'allait pas tomber amoureuse de Sam, elle n'était pas née de la dernière pluie, mais elle avait bien l'intention de jouer le jeu et de profiter de ce week-end de rêve pour aller au bout de ses fantasmes et s'amuser. Sans arrière-pensée, sans scrupules et sans le moindre regret.

Il fallait que le risque qu'elle avait pris en l'accompagnant vaille la peine.

Mais, pour des raisons qu'elle ne s'expliquait pas, cet homme la poussait dans ses derniers retranchements, il lui faisait surmonter ses inhibitions. Oubliée la fillette trop grosse, oubliée la souffrance de ne pas être comme les autres, d'être mise à l'écart, oubliée l'horreur d'être difforme. Sam, au contraire, lui donnait l'illusion d'être belle, parfaite. Et en plus, il l'incitait à oublier les conventions, à se laisser aller à ce libertinage qui inspirait ses créations et qu'elle avait toujours rêvé d'expérimenter, sans jamais s'y hasarder.

Son métier lui servait d'exutoire pour évacuer son trop-plein d'énergie, ses frustrations affectives et sexuelles. Comment en était-elle arrivée là ? Pourquoi avait-elle tout misé sur le travail au détriment de sa vie personnelle ? Fallait-il en chercher les causes dans ses blocages, ou la vraie raison était-elle ailleurs ? Stella l'ignorait. Mais elle était bien décidée à le découvrir.

Grâce à Sam.

Il parvenait à annihiler ses réflexes de défense, à lui insuffler un peu de confiance en soi. Et elle se sentait mieux dans sa peau. Elle n'aurait pu rêver de meilleur antidote à sa timidité maladive et elle était bien décidée à ce qu'il lui injecte une overdose de cette drogue. Après tout, il possédait la... seringue adéquate.

— J'ai loupé quelque chose ? s'enquit Sam.

— Non, pourquoi ?

— A cause de ton sourire. Je le trouve, comment dire..., coquin.

Stella piqua un fard. Heureusement qu'il ne pouvait deviner ses élucubrations médicales.

— Excuse-moi, dit-elle. J'étais ailleurs.

Sam lui lança un regard amusé.

— Alors, quelle partie de la maison as-tu préférée ?

Stella remua son café d'un air absent.

— Oh, je ne sais pas. Je crois que j'ai tout aimé. C'est tellement extraordinaire.

— Oui, mais il y a sûrement quelque chose, une pièce qui t'a fait vibrer plus que les autres ? insista-t-il en récupérant un peu de crème de son cappuccino du bout de la langue.

— Eh bien…, tergiversa Stella, hypnotisée par le manège de ladite langue qu'elle imaginait la léchant à certains endroits précis de son anatomie. Si je devais choisir…

— Oui, justement, c'est le but du jeu, confirma Sam, l'œil brillant. Disons qu'il s'agit d'un petit rite indispensable après la visite.

— Bon, si tu y tiens… Je pense que c'est la bibliothèque que j'ai préférée à tout.

Sam sourit d'un air entendu.

— Je m'en doutais un peu. Et peux-tu m'expliquer pourquoi ?

— Parce qu'elle n'a pas seulement été conçue pour faire joli.

C'était en effet une très belle pièce, aménagée sur deux niveaux, avec des fresques murales, une vaste cheminée et des étagères en noyer sculpté qui étaient des œuvres d'art en elles-mêmes.

— Elle renferme au moins dix mille ouvrages dans plus de huit langues, poursuivit Stella avec enthousiasme. Tu imagines le savoir contenu entre ces murs ! Le temps et l'énergie qu'il a fallu pour rassembler une telle collection ! Quelqu'un a dû profondément aimer cette pièce, c'est visible. C'est vraiment le cœur de la maison.

Sam lui jeta un long regard qui les entraîna tous deux sur un terrain mouvant. Le courant qui passa entre eux fut si intense qu'il prit Stella par surprise. Voilà qui n'était pas prévu au programme, songea-t-elle, troublée.

— Et toi ? s'enquit-elle, en s'efforçant d'adopter un ton léger pour détendre un peu l'atmosphère. Quel est l'endroit que tu préfères ?

— Cette question ! s'esclaffa Sam. Devine !

Stella eut une inspiration subite.

— J'y suis ! Le billard ?

— Exact.

Stella leva les yeux au ciel.

— Ça ne m'étonne pas.

— Mais elle est sensationnelle, cette salle ! protesta Sam, résolu à défendre son opinion. Les murs sont tendus de cuir de Cordoue repoussé et les moulures du plafond sont proprement stupéfiantes. Sans parler de la gigantesque cheminée et de cette étonnante cave à cigares. Reconnais qu'elle a un cachet fou, cette pièce.

— Tu parles ! Elle est sensationnelle parce qu'elle est interdite aux femmes, oui ! maugréa Stella.

Sam ravala l'argument qu'il avait sur le bout des lèvres.

— C'est sans doute vrai, concéda-t-il avec un sourire contrit. Mon raisonnement ne tient pas vraiment la route, hein ?

— Tout juste !

— C'est tout ce que tu trouves à dire ? Je m'attendais à me faire incendier pour mes idées rétrogrades.

— Les deux cent soixante-quinze chambres de l'hôtel ont toutes une touche indéniablement féminine. Le billard est la seule exception. C'est normal qu'elle te plaise. Et tu ne dois sûrement pas être le seul, railla-t-elle en marquant une pause pour ménager ses effets.

— Aïe ! Moi qui croyais que c'était un compliment ! grimaça Sam, un éclair de malice dans les yeux.

— Qu'est-ce que tu veux ? soupira Stella. Tu manques un peu d'originalité.

— Comment ça ? fit-il d'un air faussement outragé. Question originalité, j'ai donc tout faux ?

Stella haussa les épaules.

— Désolée, s'excusa-t-elle.

Soudain, il lui décocha un regard plein de promesses, accompagné d'un sourire tentateur.

— Si je comprends bien, j'ai des points à rattraper, il va falloir que je me rachète, en quelque sorte, c'est bien ça ? dit-il en avalant une gorgée de café, les yeux rivés sur les siens. Je ne te décevrai pas, tu sais. Mon seul objectif est de satisfaire tes désirs.

Songeant, avec un mélange d'appréhension et d'excitation, que ce n'étaient pas des paroles en l'air et qu'il tiendrait certainement ses promesses, Stella eut tout à coup l'impression que la température avait monté de plusieurs degrés. Tout son corps s'embrasait.

— Voilà qui est rassurant, parvint-elle à articuler, luttant contre l'onde de chaleur qui lui embrasait le bas des reins. Je dois dire que cela me convient parfaitement.

— Tant mieux, murmura Sam d'une voix presque inaudible.

Tout d'un coup, il consulta sa montre et esquissa un sourire de regret.

— Je suis désolé, mais le devoir m'appelle. Je dois retourner à l'hôtel. Si tu veux, tu peux rester ici et te promener encore un peu, à moins que tu ne préfères prendre la navette et rentrer avec moi ?

Stella se sentait lasse. Le long trajet et l'excitation de

la découverte l'avaient épuisée. Sam resterait absent deux heures. Elle aurait donc amplement le temps de prendre un bain et de faire une petite sieste réparatrice. Elle avait la nette impression qu'elle aurait besoin de toute son énergie, cette nuit, surtout après les insinuations de Sam concernant son manque d'originalité et cette histoire de points à rattraper.

Elle avait hâte de voir. Espérons qu'elle tiendrait le coup...

Sam avait terminé ses préparatifs pour la cérémonie qui devait avoir lieu le lendemain après-midi. Après avoir souhaité une bonne nuit au jeune couple, il ramassa l'étui contenant son appareil photo et, le sourire aux lèvres, il se dirigea au pas de course vers l'ascenseur menant aux étages pour rejoindre Stella.

Rien qu'en pensant à elle, son pouls s'accéléra et son sexe se gonfla de désir. Cet après-midi passé ensemble avait été une révélation et l'avait conforté dans sa décision, qu'il avait prise un peu légèrement, de poursuivre cette relation. Coup de foudre ou pas, il savait à présent qu'elle était l'unique, la femme de sa vie. C'était une évidence.

Il la voulait.

C'était avec cette femme et nulle autre qu'il comptait passer le reste de ses jours.

Stella et lui partageaient tant de choses — leurs goûts, leurs opinions étaient à l'unisson. Plus il apprenait à la connaître, plus il se sentait en phase avec elle.

En d'autres termes, ils étaient sur la même longueur d'onde. Quand ils se trouvaient dans la même pièce, par exemple, il n'avait pas besoin de la voir pour deviner sa présence, exactement comme un radar détectant sa cible. Et même s'il était incapable de lire dans ses pensées — c'était devenu leur sujet de plaisanterie favori —, il semblait posséder le pouvoir mystérieux de la comprendre à demi-mot, de prévoir ses faits et gestes, d'anticiper ses désirs et d'agir en conséquence.

Malheureusement, il sentait qu'elle voulait le tenir à l'écart de sa vie. Bien sûr, elle avait accepté de l'accompagner, mais c'était parce qu'elle avait envie de sexe et l'intention de profiter pleinement du week-end. Elle cherchait une aventure sans lendemain. Elle se servait de lui et n'était pas du tout disposée à le prendre au sérieux. C'était tout simplement hors de question. Sam en avait le ventre noué d'appréhension. Avec toute autre femme, ç'aurait été le rêve ! Quel homme ne chercherait à rencontrer une femme uniquement pour assouvir ses appétits sexuels ? C'était un éternel sujet de discorde entre les deux sexes. Les hommes voulaient coucher avec une femme sans s'engager, tandis que les femmes n'imaginaient pas faire l'amour sans engagement. Quelle ironie !

Et quand il avait enfin la chance de trouver la personne idéale avec qui envisager l'avenir, celle-ci ne songeait qu'à de bonnes parties de jambes en l'air, quarante-huit heures durant. C'était rageant à la fin ! Et pour comble, alors qu'il était en train de gagner sa confiance, voilà qu'il devait la laisser en plan pour aller travailler !

A quoi pouvait-elle bien penser, en ce moment ? Depuis qu'il l'avait quittée, elle avait eu tout le temps de se triturer la cervelle et de se bourrer de chocolat en fulminant contre les hommes. Sam monta dans l'ascenseur et appuya sur le bouton du dixième étage. C'était à lui qu'il voulait qu'elle pense. A ses mains sur ses hanches, ses lèvres sur son sein et son sexe profondément enfoui entre ses jambes. Il voulait qu'elle le voie comme son futur époux, le père de ses enfants. Qu'elle s'imagine dans une chaise à bascule, berçant ses petits-enfants. Qu'elle ne puisse plus envisager la vie sans lui.

Sam soupira. En ce moment, il s'en doutait, elle ne rêvait que de le mettre dans son lit. Au fond, il ne pouvait que s'en féliciter. C'était un bon début. Il savait qu'elle avait dû se faire violence pour l'accompagner ici. C'était un grand pas dans la bonne direction. A présent, il devait la convaincre qu'il ne voulait pas être un amant à la petite semaine, mais l'homme de sa vie, le seul et l'unique. Et il allait tout mettre en œuvre pour qu'elle partage ses sentiments.

Sam sortit de l'ascenseur et s'engagea dans le large couloir qui menait à sa suite. Il frappa doucement à la porte, mais voyant qu'elle ne répondait pas, il sortit sa carte magnétique de sa poche, l'inséra dans la serrure et entra. Le salon était désert, mais une faible lumière filtrait de la chambre à coucher. Foulant en silence l'épaisse moquette, Sam s'y dirigea et s'adossa au chambranle de la porte en souriant. Une curieuse émotion palpita dans sa poitrine.

Stella s'était assoupie sur l'édredon, la tête posée sur son bras replié. La douce clarté de la lampe de chevet nimbait son visage d'un éclat ambré, accrochant des reflets d'argent à ses cheveux soyeux. Ses longs cils ombraient ses joues délicates. Elle avait l'air si vulnérable, si belle, qu'il en eut le souffle coupé. Il avait une boule dans la gorge et son cœur, inexplicablement, se serra. Aussitôt, il sentit ses poils se hérisser et son sexe devenir dur comme du bois.

Elle portait un court peignoir de satin écarlate qui, pendant son sommeil, s'était entrouvert jusqu'à la ceinture, laissant entrevoir un sein crémeux et la courbe de son ventre. Un minuscule string transparent, brodé de perles, masquait à peine son entrejambe et moulait étroitement ses hanches sensuelles. Sam sentit ses doigts le démanger d'explorer chaque centimètre de cette peau veloutée, resplendissante de santé, d'apprendre à lire chacune de ces courbes pleines et appétissantes.

Et il éprouva l'envie folle de se précipiter sur son appareil photo. Il imaginait déjà les superbes clichés qu'il prendrait d'elle. Elle était si désirable, si sexy, une véritable œuvre d'art. Si seulement elle pouvait se voir ainsi, telle qu'il la voyait, songea-t-il. Serait-elle encore si timide, se sentirait-elle encore gênée… ou agréablement surprise ? Sam soupira, indécis.

La photographier à son insu n'était sans doute pas la meilleure chose à faire. Il se sentait un peu dans la peau d'un voyeur, mais incapable de résister à la tentation, il retira sans bruit l'appareil de son étui. Il se contenterait de quelques photos et, si elles étaient aussi magnifiques qu'il l'espérait, il lui en ferait cadeau, en espérant qu'elle apprécierait.

Il prit deux portraits en pied, suivies d'un gros plan sur le visage. Il s'apprêtait à prendre une photo au zoom et mettait au point, quand il vit ses beaux yeux verts s'ouvrir et ciller langoureusement à travers le viseur.

— Salut ! fit-elle d'une voix un peu rauque en souriant avec tendresse.

Sam ne s'était pas rendu compte qu'il avait cessé de respirer.

— Salut ! répondit-il en écartant son appareil photo.

— Que fais-tu ?

— Quelque chose de vilain, je le crains, admit-il, un rien penaud.

Elle gloussa et, quand elle se redressa, son sein se mit à jouer à cache-cache avec son peignoir.

— Je m'en suis aperçue. Combien de photos as-tu prises avant que je me réveille ?

— Quelques-unes, rétorqua-t-il, soulagé.

Si elle avait dû éclater, ce serait déjà fait, songea-t-il. Elle ne resterait pas là, offerte. En plus, elle semblait avoir complètement oublié qu'elle était à moitié nue, dans une pièce éclairée.

Lui, en revanche, ne risquait pas de l'oublier.

Son corps dénudé lui tourneboulait les sens et lui incendiait les reins. La peau en feu, Sam sentit un frisson lui parcourir l'échine et un curieux picotement remonter le long de la nuque. Le souffle court, il pensa qu'il allait exploser tant il était excité. Il était au bord de l'apoplexie.

Stella lui lança un regard malicieux.

— On ne t'a jamais dit que prendre quelqu'un en photo pendant son sommeil, et donc sans son consentement, était très mal, Martelli ? lança-t-elle avec un claquement de langue désapprobateur. Où sont passées tes bonnes manières ?

— Excuse-moi, mais tu étais si belle que je n'ai pas pu résister. Je suppose… euh… que tu ne me laisseras pas continuer ?

— Crois-tu que ta persévérance sera récompensée ?

— En tout cas, je l'espère. Allez, sois gentille, supplia-t-il avec un sourire enjôleur. Juste quelques-unes. Tu n'auras même pas besoin de bouger. Reste comme tu es.

Les yeux pétillants de gaieté, Stella eut un petit rire ironique.

— Qu'entends-je ? lâcha-t-elle d'un air faussement scandalisé. Sommes-nous mariés et l'aurais-je oublié, par hasard ?

— Je n'ai pas dit ce qu'il fallait, c'est ça ? reconnut Sam.

— Pas exactement, non.

— Mais tu as compris l'idée, n'est-ce pas ? Alors, tu veux bien ? insista-t-il en la détaillant des pieds à la tête. Tu es si sensuelle, si désirable, souffla-t-il.

Heureusement pour lui, elle ne se pétrifia pas de honte et ne se dépêcha pas de se cacher sous l'édredon.

— Vraiment ?

La bouche sèche, Sam avait l'impression qu'un brasier s'allumait dans tout son corps.

— Comme un magnifique cadeau de Noël enveloppé dans du satin écarlate. C'est une de tes créations ? s'enquit-il en désignant le léger vêtement.

Elle hocha la tête.

— C'est très sexy, apprécia-t-il.

Si sexy qu'il mourait d'envie de l'en débarrasser pour goûter chaque centimètre carré de sa peau.

— M'autorises-tu à prendre encore quelques photos ? implora-t-il.

Stella finit par hocher la tête.

Sam soupira de soulagement. Il reprit son appareil et régla la mise au point.

— Sais-tu à quel point je te désire ? balbutia-t-il.

Il ignorait pourquoi il avait dit cela, mais il savait que c'étaient exactement les mots qu'elle voulait entendre.

— Il me semble que ton corps parle pour toi, répondit Stella, moqueuse, en l'examinant de bas en haut.

Sam mit un genou à terre et s'occupa des derniers réglages.

— Je crois que tu n'es pas en reste, à en juger par certains signes qui ne trompent pas, murmura-t-il.

— Oh ?

Sam hocha la tête.

— Lesquels, par exemple ?

— Eh bien, pour commencer, il y a ton regard tendre, lascif. Tu t'es mordu les lèvres au moins deux fois, ce qui signifie que tu veux que je te goûte partout, et surtout — les yeux de Sam s'attardèrent avidement sur sa poitrine nue — tes seins sont dressés, comme s'ils attendaient d'être léchés, embrassés.

Les yeux clairs de Stella se muèrent en deux lacs émeraude, son regard se voila et elle humecta ses lèvres. Avec un léger soupir, elle roula sur le dos et fit glisser sa main sur son ventre dans un geste si érotique que Sam crut qu'il n'allait jamais pouvoir contenir la faim qu'il avait d'elle. Son cœur battait la chamade. C'était fantastique ! Il ne pouvait pas rater ça ! Il mit au point, cadra et appuya sur le déclencheur.

— Devine ? chuchota Stella.

— Je devine quoi ?

— Il y a encore d'autres endroits qui se languissent de tes mains, articula-t-elle d'une voix étranglée.

Elle lui lança un regard tentateur, un mélange d'audace et d'effronterie qu'il ne lui avait encore jamais vu. Elle était comme une rose qui s'épanouissait à vue d'œil, un pétale après l'autre.

Pour lui seul.

Et il ne voulait pas perdre une minute de ce merveilleux spectacle.

12.

Sam avala sa salive et reprit son appareil photo.

— C'est vrai ?

Stella s'étira comme une chatte, sa longue chevelure déployée sur ses épaules.

— Absolument.

— Je peux savoir lesquels ?

Stella remonta ses mains sur son ventre, le long de son buste, et les plaça en coupe sous sa poitrine.

— Ceux-là, roucoula-t-elle.

Sam n'avait jamais rien vécu de tel. Grisé, il prit plusieurs clichés, sous tous les angles possibles.

— Et quoi d'autre ? demanda-t-il d'une voix hachée.

Quand elle souleva ses seins et cambra le dos, son peignoir s'écarta presque jusqu'à la taille, dévoilant sa peau délectable. Elle se mit à titiller les pointes sensibles, les paupières alourdies de désir.

— Ici, souffla-t-elle, haletante.

La vue de cette femme alanguie, offerte, caressant ses seins fièrement dressés était on ne peut plus excitante. Sam mitraillait sans pouvoir s'arrêter. Il sentait le sang battre dans ses tempes, tandis que son sexe se gonflait de désir, presque douloureusement. Il eut l'impression qu'une

167

décharge électrique le traversait de part en part, tandis que ses poils se hérissaient.

La scène avait quelque chose d'irréel, de surréaliste. A voir une femme se toucher avec une telle volupté, un homme pouvait augurer le traitement exquis qu'elle saurait lui infliger. Il se figurait ses petites mains douces s'aventurant dans les replis les plus secrets de son corps, allant et venant sur son sexe tendu. Et les autres délices inimaginables qui pourraient suivre.

— J'adore ce que je vois, ma belle, gémit Sam, alors que Stella pétrissait ses mamelons durcis. Y en a-t-il d'autres qui réclament mon attention ?

Stella se mordit la lèvre, les yeux assombris de désir.

— Oui, un surtout, dit-elle, le souffle court.

Une main taquinant toujours son sein, elle laissa descendre l'autre sur son ventre délicatement bombé, puis plus bas, encore plus bas, ses doigts effleurant son string de dentelle avant de se glisser entre ses cuisses. Puis elle commença à se caresser à travers le petit bout d'étoffe qui voilait son sexe, en ondulant des hanches.

Les doigts de Sam tremblaient sur le déclencheur et quelques gouttes de sueur perlèrent sur ses lèvres. Son corps tendu palpitait de désir. Il sentit la tension monter, insoutenable. Il prit deux autres photos, davantage par réflexe que pour en garder le souvenir. Il n'était pas près d'oublier la scène incroyablement sensuelle qu'elle venait de lui jouer et qu'il n'aurait jamais imaginée, même dans ses rêves les plus érotiques.

Stella lui lança un regard moite.

— Sam ? As-tu l'intention de jouer toute la soirée avec ton appareil... ou avec moi ? murmura-t-elle en glissant un doigt sous son string.

Sam eut l'impression que son sang entrait en ébullition. Bien sûr qu'il allait jouer avec elle, et tout de suite même, afin de mettre un terme à cette exquise torture. Il posa son appareil photo, dégagea sa chemise de son pantalon et s'escrima avec les boutons de sa chemise. D'ordinaire, il laissait sa partenaire le dépouiller de ses vêtements, il aimait la lenteur, les caresses, l'attente, les longs préliminaires, mais il venait de découvrir que se dévêtir sous le regard brillant de convoitise d'une femme était tout aussi excitant.

Surtout quand celle-ci était à moitié nue, éperdue de désir, et que ses doigts jouaient nonchalamment sous sa petite culotte.

Une coulée de lave brûlante lui incendia les reins. D'une main tremblante, il se débarrassa de sa chemise qu'il jeta au hasard sur le sol. Quelques secondes plus tard, son pantalon et son boxer suivirent le même chemin et il gagna le lit en deux enjambées.

Stella le détailla des pieds à la tête d'un regard incandescent, en s'attardant sur son sexe. Elle se lécha une nouvelle fois les lèvres. Et Sam, qui croyait la chose impossible, vit son membre durcir encore et se tendre vers elle.

Un éclat avide brilla dans les yeux de Stella qui sourit d'un air entendu.

— Je suis prêt à jouer avec toi, murmura-t-il en se glissant sur le lit, à côté d'elle.

Il fit courir son doigt entre ses seins, sur son ventre et encore plus bas.

— Par où as-tu envie que je commence ?

Elle frissonna, la respiration saccadée. Et, le regard soudé au sien, elle murmura :

— Fais-moi la surprise.

169

Sam la dévisagea, un peu décontenancé. La surprendre ? Comment ? Que voulait-elle ? Il était évident que, cette nuit, elle s'attendait à quelque chose d'inouï, à une nuit de fantasmes inoubliable. Pour lui, elle s'était épanouie comme une fleur, elle avait jeté ses inhibitions aux orties et elle s'attendait à être récompensée de ses efforts.

Il soupira. Allait-il réussir à la satisfaire ? Depuis qu'il avait décidé de la conquérir, il avait tout mis en œuvre pour atteindre son objectif et, dans ce sens, il devait saisir toutes les occasions de passer du temps avec elle. Or, pour des raisons qui lui échappaient, il sentait que les prochaines heures seraient décisives quant à l'avenir de leur relation. Il réprima un sourire désabusé.

Ce n'était pas le moment de faire fausse route.

Cette conclusion, plutôt réfrigérante, risquait de le priver de ses moyens, ce qui n'allait pas lui faciliter la tâche. Heureusement que son corps, lui, semblait savoir ce qu'il devait faire. Sans plus réfléchir, Sam décida de se fier à son instinct.

Ses lèvres voltigèrent sur les joues de la jeune femme et redessinèrent l'arc délicat de ses cils avant de redescendre le long de son cou.

En percevant son souffle irrégulier tout contre sa bouche, Sam se détendit. Il avait fait le bon choix. Il caressa ses lèvres des siennes, lui arrachant un soupir ravi.

Stella glissa une main sur son bras, s'accrocha à son cou et enfouit les doigts dans ses cheveux. Il frissonna d'anticipation et approfondit son baiser jusqu'à ce que leurs langues se mêlent et s'explorent sur un rythme de plus en plus effréné, prémices de ce qui allait suivre. Avec une lenteur calculée, et tout en la couvrant de baisers enflammés, il la débarrassa de son peignoir et de son string qui atterrirent par terre.

Il ne parvenait pas à se rassasier d'elle, à se repaître de sa peau satinée, à s'enivrer de son parfum. Il embrassa, lécha, goûta chaque parcelle de son corps — son cou, ses épaules, ses seins, son ventre — se mordant les lèvres tandis qu'elle lui faisait subir la même délicieuse torture.

Stella remodelait son corps, ne se lassant pas de faire courir ses mains sur sa chair brûlante. Elle lui effleura la poitrine du bout des doigts avant de taquiner ses mamelons. Elle avait les yeux écarquillés, les pupilles dilatées de plaisir, la peau en feu.

— Tu es si beau ! s'extasia-t-elle. J'adore te toucher. Tu sais, j'aimerais te goûter — elle referma une main autour de son sexe érigé — là, pendant que tu me goûterais — elle fit courir les doigts de l'autre main sur les boucles moites de sa toison — ici.

Seigneur, quelle incroyable idée ! Sam en salivait d'avance. Il changea de position et glissa un doigt à l'intérieur de ses cuisses à l'instant où Stella empoignait son sexe dur et commençait à le lécher. Il frissonna sous la caresse et s'empressa de lui rendre la pareille. Enfouissant sa tête entre ses jambes, sa bouche prit le relais de sa main et il lécha doucement son clitoris qu'il se mit à sucer, à caresser de la langue. Les cuisses agitées de tremblements, Stella s'agrippa aux draps et entreprit de sa langue brûlante un lent mouvement de va-et-vient sur son sexe en érection. Sam gémit, sans cesser ses caresses.

Stella n'interrompit pas son doux manège. Elle enroula sa langue sur l'extrémité de son sexe, le léchant, le suçant, le mordillant sur toute la longueur avant de le prendre tout entier dans sa bouche. Sam se raidit, ses muscles se contractèrent, mais il ne s'arrêta pas pour autant. Oscillant au bord de l'orgasme, il n'en continua pas moins à s'activer sur elle, enroulant sa langue autour du bourgeon tendre et gonflé, le pressant, le caressant sans s'arrêter, insatiable.

Elle rivalisait d'inventivité à chacune de ses initiatives, le torturant avec la même fougue, la même frénésie. Il la sentait frémir, devinait sa fièvre à chaque coup de langue, sentiment qu'il partageait, mais qu'il était bien incapable de refréner. Et il n'en avait d'ailleurs pas la moindre envie. Il respirait l'odeur sucrée de sa féminité, attendant de la faire jouir pour se délecter du goût musqué de son désir.

Au même instant, Stella se contracta violemment, secouée par une vague de volupté qui l'emporta vers la jouissance. Il la rattrapa aussitôt et se répandit dans sa bouche tout en s'abreuvant de son nectar doux-amer. Sans hésiter, Stella recueillit sa sève brûlante de sa langue qu'elle laissa glisser le long de son membre, avec un gémissement d'intense satisfaction.

Sam n'avait jamais vécu une expérience si incroyablement érotique. Il était sans force, le corps secoué de tremblements irrépressibles. Il la lécha une dernière fois avec passion, avant de se retourner pour surprendre son regard comblé.

— Pour une surprise, c'était une excellente surprise, Sam ! lança-t-elle, très contente d'elle.

— Tu sais que j'ai gagné mon pari, et donc tu as un gage, annonça Stella, beaucoup plus tard, avec une pointe de sarcasme dans la voix. C'était notre marché, tu te rappelles ? Maintenant, enlève-le.

— Stella ! prévint-il.

Les narines palpitantes, le rouge aux joues, il avait l'air horriblement mal à l'aise.

Stella se mordilla les lèvres d'un air songeur.

— Franchement, je me demande pourquoi tu as remis ton boxer, reprit-elle comme si de rien n'était. Je ne voudrais pas te vexer, mais le coton blanc ne cadre pas exactement avec le scénario que j'ai imaginé. Je suis désolée, mais il va bien falloir que tu t'en débarrasses, conclut-elle avec une tristesse feinte.

— Reconnais que ça t'amuse beaucoup, dit-il, les yeux brillants de malice.

— C'est vrai.

Sam se leva et obéit à contrecœur.

— Bon, et maintenant, que fait-on ?

Stella retint son souffle. Dire qu'elle avait tout pouvoir sur ce corps superbe, harmonieux, musclé, rayonnant de force et de virilité ! Elle pourrait l'explorer, jouer avec toute la nuit si cela lui chantait. Elle en eut la chair de poule et une onde brûlante raviva le désir au creux de ses reins, en dépit du nombre incalculable d'orgasmes qu'il lui avait donnés au cours de la soirée.

Ils avaient fait l'amour dans toutes les positions imaginables, dans chacune des pièces de la suite. Dans le lit, sous la douche, sur le canapé et aussi sur la table de la salle à manger. Et il l'avait déposée, nue, sur la moquette, devant les fenêtres éclairées par la lune, pour qu'elle puisse se regarder telle qu'elle était — brûlante, ivre de passion.

Stella avait été abasourdie à la vue de leurs corps emboîtés l'un dans l'autre se reflétant dans la paroi de verre. Bien sûr, elle n'avait pas un corps de déesse, elle le savait, mais cela n'avait aucune importance parce qu'il n'avait pas l'air de remarquer ses défauts. Il la dévorait du regard comme si elle était la plus belle femme du monde. Comment aurait-elle pu ressentir la moindre gêne quand elle avait un véritable Apollon glissé entre ses cuisses ?

Elle déglutit et s'obligea à revenir sur terre.

— Allonge-toi sur le lit dans une position naturelle, suggéra-t-elle. Mets-toi à l'aise.

Sam sourit en reconnaissant les conseils qu'il lui avait prodigués quelques jours plus tôt.

— Tu as une bonne mémoire, à ce que je vois.

— Je me débrouille pas mal aussi avec un appareil photo. Bon, on y va ? Je suis prête, ajouta-t-elle avec impatience.

Sam lui décocha son sourire le plus charmeur.

— Veux-tu que je retape un peu le lit avant ?

— Non, je t'imagine mieux dans des draps froissés.

Il afficha encore un de ses sourires dévastateurs qui la faisait vaciller sur ses jambes et lui nouait l'estomac.

— D'accord, acquiesça-t-il en s'allongeant avec une lenteur calculée sur le lit.

Ses muscles puissants jouaient sous sa peau hâlée à chacun de ses mouvements. Son grand corps ferme étalé sur les draps de satin était un régal pour les yeux. Sans parler de ses boucles noires adorablement ébouriffées et de ses yeux de braise qui auraient fait se damner un saint.

Stella ne pouvait détacher le regard de ce beau visage aux traits bien dessinés quand, brusquement, elle ressentit un curieux spasme dans la poitrine, une émotion indicible, un peu effrayante, totalement hors de propos dans ce contexte, dans cette chambre et, par-dessus tout, dans son cœur.

Le souffle coupé, elle se hâta de se cacher derrière le boîtier pour se donner une contenance. Elle fit la mise au point, puis prit plusieurs clichés avant d'écarter l'appareil.

— Tu peux bouger, tu sais.

— Tu m'as dit de trouver une position naturelle, c'est ce que je fais, grimaça Sam.

— Bon, disons que j'aimerais bien que tu trouves une autre position naturelle.

— Elle va durer longtemps, cette plaisanterie ? grommela-t-il.

— Ça dépend.

— Ça dépend de quoi ? demanda-t-il sèchement.

— Du nombre de vues qui restent dans le film.

Sam étouffa un juron et se passa la main dans les cheveux.

— Trente-six moins les trois que tu viens de prendre, tu fais le calcul.

— Bon, alors, au travail.

Il écarquilla les yeux de stupeur. Il était si irrésistible qu'elle sentit de nouveau une onde brûlante entre ses cuisses.

— Ne penses-tu pas que je pourrais mieux utiliser mon temps ? Tu serais étonnée du résultat.

Elle ne put réprimer un sourire. C'était évidemment très tentant. Mais…

— Justement, tu peux le faire tout de suite, roucoula-t-elle. Allez, Sam, étonne-moi.

Il soupira de frustration.

— Pose ce fichu appareil et viens-là, chuchota-t-il, enjôleur. Tu vas voir comment je vais t'étonner. Les yeux vont te sortir de la tête, je te le promets.

Stella avait les jambes en coton.

— Sors-moi le grand jeu, ordonna-t-elle.

— Oui, mais comment ?

— Comme moi, tout à l'heure.

Sam leva les yeux au ciel.

— Oh, tu es si...

— Méchante ? acheva-t-elle pour lui.

— Non, diabolique !

— Tu n'avais pas l'air de le penser quand tu étais derrière le viseur. En fait, tu avais plutôt l'air ravi.

— C'est vrai. Plus que tu ne peux...

— Bon, alors il n'y a aucun problème, coupa-t-elle. Quel est l'endroit qui réclame mon attention ?

Sam s'étrangla de rire en prenant son sexe dans ses mains.

— Celui-ci.

Elle appuya sur le déclencheur une fraction de seconde avant qu'il comprenne ce qu'elle était en train de faire.

— Stella ! hoqueta-t-il, épouvanté.

Elle éclata de rire.

— Tu connaissais les clauses du marché, non ?

Il la dévisagea, bouche bée.

— Je n'avais pas comp...

— Caresse-toi, mon chou, murmura-t-elle d'une voix sensuelle. Je veux te voir en pleine action. C'est terriblement excitant. Rends-moi folle !

Sam avala à grand-peine sa salive et, vaincu, s'exécuta en la fixant avec intensité.

Stella le contemplait, enivrée par un tel spectacle.

Un mâle d'un mètre quatre-vingt-dix, nu, en pleine érection !

En regardant Sam se caresser, Stella savait que c'était

sa main à elle qu'il sentait, ses doigts qu'il imaginait aller et venir le long de son membre tendu, chaud et doux comme du velours. Elle se serait volontiers dévouée pour le satisfaire. Frissonnante, les seins dressés se soulevant au rythme de sa respiration haletante, elle se liquéfiait de désir.

Elle prit deux photos, histoire de jouer le jeu, puis abandonnant l'appareil, elle courut le rejoindre et s'assit à califourchon sur ses cuisses, collant étroitement son sexe palpitant contre le sien, dur et puissant. Elle gémit de plaisir quand il se mit à caresser sa chair brûlante de la pointe de son sexe, ranimant les flammes. Le corps en feu, la gorge sèche, elle se tordit de désir contre lui. Tout son être le réclamait.

Sam agrippa ses hanches, et la lueur sauvage, impudique qu'elle surprit dans son regard lui donna le vertige. Quand il entama un lent va-et-vient le long de sa chair brûlante et sensible, elle se retint pour ne pas le supplier d'accélérer.

Sam se cambra.

— Hmm, c'est si bon ! souffla-t-il, les yeux mi-clos.

Elle se tortilla au-dessus de lui, les dents serrées, s'efforçant vainement d'endiguer le flux de désir qui menaçait de la submerger. Mais autant capturer du vent. C'était une joie si intense de le sentir au creux de ses cuisses.

Elle ne pouvait plus patienter davantage. Elle souleva les hanches et se laissa descendre sur lui pour le prendre tout entier en elle, le sentir tout au fond de son sexe. La sensation était si forte qu'elle eut l'impression que ses poumons se vidaient d'un coup de tout l'air qu'ils contenaient, comme si elle avait oublié de respirer. Elle l'enserra, puis se retira, glissant le long de son membre doux et humide avant de s'empaler de nouveau sur lui.

— Seigneur ! murmura Sam. Tu me rends complètement fou.

Et elle recommença, montant et redescendant encore et encore avec fougue, de plus en plus vite, et il la laissa le chevaucher à sa guise sans tenter de reprendre le contrôle.

Sam referma les mains sur ses seins avec un sourire sensuel. Puis il se redressa et les prit à tour de rôle dans sa bouche pour en titiller la pointe de sa langue brûlante. Stella s'embrasa quand il se mit à sucer les mamelons durcis comme s'il ne pouvait s'en rassasier. La tête rejetée en arrière, elle se contracta et arqua le dos, à l'orée du plaisir.

Sam reconnut les signes, et il mit une main à l'endroit où leurs deux corps se soudaient. Il eut alors la vision troublante de sa toison noire mêlée aux boucles blondes. Il les écarta, y glissa les doigts et entreprit de masser doucement la chair si sensible.

Stella poussa un cri, secouée par la violente décharge électrique qui parcourait son sexe. Elle se contracta et commença à balancer les hanches, les soulevant et les rabaissant à un rythme de plus en plus effréné. A chaque poussée, une onde de chaleur montait en elle et l'emplissait tout entière. Elle était en feu, consumée par l'incendie qu'il attisait. Vague après vague, elle s'abandonna au plaisir, jusqu'à ce que le barrage cède et qu'une déferlante l'emporte vers les sommets. Les yeux clos, elle émit des sons inarticulés. Elle se cambra, l'emprisonnant en elle, le corps secoué des spasmes les plus violents qu'elle ait jamais connus, et elle cria son nom.

Sans perdre une seconde, Sam la fit basculer sur le dos, puis soulevant ses hanches, il la cala contre son ventre et la pénétra par-derrière. Elle poussa une exclamation de surprise tandis qu'il s'enfouissait entre ses cuisses, enfonçant les ongles dans la chair délicate de ses hanches. Il allait et venait en elle, se retirant pour mieux la reprendre, il ressortait, revenait et recommençait.

C'était impossible, mais elle sentait déjà arriver les prémices d'un nouvel orgasme et se laissa emporter par une spirale ardente, tandis que ses fesses retombaient avec force sur son membre à chaque coup de reins. Gémissante, elle ferma les yeux pour mieux savourer cette sensation. L'attente la rendait folle, elle ne pourrait pas endurer cette délicieuse torture une minute de plus.

— S'il te plaît ! implora-t-elle. Sam, je t'en prie !

Sam allait et venait, parfaitement maître de lui-même. Frissonnante, elle perçut sa respiration saccadée et le sentit frémir. Il accrut alors le tempo, de plus en plus vite, de plus en plus fort. D'instinct, Stella se raidit, dans l'attente du paroxysme et, avec un grognement de satisfaction, Sam s'enfonça encore plus profondément en elle, se pencha en avant et il lui mordilla l'épaule.

Le corps secoué de soubresauts, Stella cria sans retenue et vit un kaléidoscope de couleurs exploser sous ses paupières closes. Et elle sentit le membre de Sam palpiter et une onde brûlante se répandre en elle tandis qu'il la rejoignait dans la jouissance.

Un peu plus tard, Sam roula sur le côté, son sexe toujours en elle, en prenant soin de ne pas l'écraser sous son poids.

— Alors… cette surprise… qu'en dis-tu ? souffla-t-il, la respiration encore haletante.

Le visage enfoui dans l'oreiller, Stella se tourna vers lui, l'air comblée, un sourire extatique aux lèvres, le regard brillant d'émotion.

Elle fit la grimace quand il se retira d'elle avec douceur.

— Epoustouflante. J'en redemande… Mais peut-être pas tout de suite.

— Pauvre chérie ! s'écria-t-il. On dirait que je t'ai épuisée.

Elle hocha la tête, luttant pour retrouver le cours normal de sa respiration.

— Je n'aurai rien contre un petit somme réparateur.

Sam lui caressa les cheveux en l'attirant plus près de lui encore, dans un geste si doux, si tendre qu'elle en fut bouleversée. Elle se blottit contre son grand corps tiède et, apaisée, elle sentit ses paupières s'alourdir. C'était comme si elle reposait sur un petit nuage, repue et heureuse, les membres rompus d'une douce fatigue.

Elle aurait pu passer le reste de sa vie lovée au creux de ses bras, songea Stella en sombrant dans le sommeil.

Et curieusement, aucune sonnette d'alarme ne résonna dans sa tête au moment où cette pensée la traversait. Ce qui était pour le moins inquiétant.

13.

Sam prit ses lèvres avec fougue.

— Je reviens.

— Je t'attends avec impatience, répondit Stella. Toute nue, ajouta-t-elle avec un clin d'œil aguicheur, le regard brillant.

Sam s'engouffra dans l'ascenseur et appuya sur le bouton du rez-de-chaussée avec un soupir de regret.

Ils avaient effectué les deux visites prévues — les dépendances et le chemin de ronde — et avaient même eu le temps de se promener dans les jardins.

La nuit avait été très courte, mais, en dépit du manque de sommeil, ils s'étaient levés tôt, ce matin-là, pour tirer le meilleur parti de leur journée. Sam était libre toute la matinée et une partie de l'après-midi, et ils en avaient largement profité. Ils avaient passé un moment merveilleux ensemble. Ils avaient parlé de tout et de rien, abordé des sujets aussi divers que la famille ou l'art du XVIIe siècle. Et ce que Sam avait découvert au sujet de Stella l'avait conforté dans l'idée qu'elle était bien la femme de sa vie.

Elle était belle, intelligente, sensible, spirituelle et sexy, et il lui suffisait de la regarder pour être aussitôt au comble de l'excitation. En plus, elle savait écouter et, en quelques jours à peine, il avait l'impression d'avoir trouvé l'âme sœur.

Il eut une brusque révélation. Il était bel et bien en train de tomber amoureux.

Ce qui aurait été merveilleux s'il avait eu la certitude que son amour était partagé.

Mais c'était malheureusement loin d'être le cas.

Et pour ne rien arranger, il devait s'absenter la moitié de l'après-midi. Que de temps perdu, alors qu'il en avait si peu pour l'aider à y voir clair dans ses sentiments !

Il lui répugnait d'attendre des heures avant de la retrouver. Il en avait l'estomac noué. Il adorait chaque seconde passée auprès d'elle et ne supportait pas les moments où ils devaient être séparés.

Elle avait fait de grands progrès ce week-end. Elle s'était laissé apprivoiser, elle était moins farouche. Et il redoutait de perdre cet avantage en lui laissant le temps de se rétracter, de retrouver ses réflexes de défense. Il ne voulait pas lui donner l'occasion de ruminer, d'analyser. Elle serait capable de passer leur relation au crible et d'en déduire qu'elle ne reposait que sur le sexe, une aventure sans lendemain, quelques parties de jambes en l'air sans complication.

Or Sam espérait de toutes ses forces qu'elle n'arriverait pas à cette conclusion.

La nuit dernière, elle avait réussi à dominer ses angoisses et elle s'était épanouie devant lui, telle une plante exotique à floraison nocturne. Il l'avait sentie reprendre confiance en elle, en sa féminité, en son pouvoir de séduction. Mais il avait aussi surpris dans son beau regard vert une lueur aventureuse qui n'augurait rien de bon. Qu'allait-elle encore imaginer ? se demanda-t-il en priant pour être capable de faire face.

Il rougit de confusion en se remémorant la petite séance de la veille. Elle n'avait eu qu'à demander pour qu'il se mette à se caresser et se donne en spectacle. Et en plus, elle l'avait photographié !

Et ce matin, elle avait tranquillement empoché la bobine en le foudroyant du regard au cas où il aurait eu l'idée saugrenue de la lui subtiliser. Il devait bien admettre que cette histoire l'avait pas mal secoué. Il lui avait proposé de développer le film lui-même, mais elle avait refusé, en disant qu'elle ne voulait pas risquer que la pellicule fût surexposée, par exemple, ou malencontreusement gâchée.

Et Sam n'avait pu que se soumettre avec une grimace. Alors que c'était exactement ce qu'il avait eu en tête.

Au cas où les photos auraient été un peu trop scabreuses, comme il le pressentait, il se serait fait une joie de provoquer un petit accident dans la chambre noire. Mais elle avait déjoué ses plans avec adresse. Elle était maligne, songea Sam, admiratif.

Réflexion faite, elle n'avait pas été la seule à avoir outrepassé les limites, la nuit dernière. Les photos n'étaient que la partie visible de l'iceberg. Elle lui avait fait perdre la tête avec ce stupide pari, au point qu'il avait fini par oublier de réfléchir. Sinon, elle ne l'aurait pas gagné, ce fichu pari, et il n'aurait plus été question de ces maudites photos.

Et pour couronner le tout, il avait oublié de mettre un préservatif, la dernière fois. Quand elle avait enfin délaissé l'appareil photo pour se précipiter sur le lit, qu'elle l'avait enfourché et s'était mise à se tortiller en se frottant contre lui, il avait perdu la raison, terrassé par ce déferlement de sensations. Ses poils s'étaient hérissés de partout et il avait senti sa chair douce, brûlante l'accueillir et l'envelopper tout entier. Alors toute pensée cohérente l'avait déserté et il s'était abandonné à ce tourbillon de sensations. Ce corps à corps était si intense qu'il avait cessé de respirer et s'était laissé submerger par l'extase.

Or Sam n'avait jamais fait l'amour sans protection.

Jamais.

Très tôt, ses parents l'avaient mis en garde contre les risques encourus et il ne leur avait jamais désobéi. Il avait toujours veillé à se protéger, lui comme sa partenaire.

Et le fait de s'être laissé égarer par la passion au point de ne même pas penser à enfiler un préservatif en disait plus long que la chair de poule ou les langues de feu qui lui traversaient le ventre. Ou que le coup de foudre légendaire des Martelli. Cette femme l'avait ensorcelé, envoûté. Délibérément ou non, elle avait capturé son cœur.

Il n'avait plus qu'à espérer qu'elle ne le lui briserait pas.

Stella se plongea dans un bain brûlant en soupirant de bonheur quand la mousse parfumée commença à accomplir des merveilles sur ses muscles endoloris. Quand Sam et elle avaient pris leur douche ensemble le matin même, elle n'aurait jamais soupçonné qu'une simple savonnette possédait un tel pouvoir érotique. Elle frissonna d'excitation en se rappelant le corps dur de Sam glissant contre le sien, son sexe enfoui en elle.

Elle avait décidé de prendre un bain pour se détendre

et réfléchir, et voilà qu'elle se mettait à fantasmer sur son bel Italien si sexy.

Sam Martelli.

Il lui suffisait de prononcer son nom pour sentir des tiraillements dans le ventre et l'ivresse la submerger. Aurait-elle eu un carnet et un crayon sous la main qu'elle se serait mise à griffonner son nom comme une petite écolière enamourée. Stella sourit.

Mais au fond, pourquoi pas ? Cette semaine, ce week-end surtout, avaient été libérateurs. Elle faisait peau neuve, tel le phénix renaissant de ses cendres. Elle avait changé, en mieux.

Stella n'aurait su dire si ce qui arrivait résultait de son changement d'attitude, de sa soif de vengeance ou du merveilleux week-end qu'elle passait dans ce décor de rêve en compagnie d'un homme qui incarnait ses fantasmes les plus secrets.

C'était sans doute la combinaison des trois, mais Sam y jouait le rôle essentiel. Elle n'aurait jamais pu surmonter ses phobies avec un autre. Pour des raisons qui demeuraient obscures, seul Sam était capable de la révéler à elle-même, de l'éveiller à sa sensualité et de lui faire éprouver des sensations dont elle ne soupçonnait même pas l'existence.

Lui seul avait ce pouvoir.

Elle en était aussi certaine que de savoir que la terre était ronde.

Mais elle s'en était défendue bec et ongles, elle s'était battue de toutes ses forces pour se protéger et dissimuler ses sentiments. Elle s'était dérobée pour ne pas s'investir émotionnellement et elle y était presque parvenue.

Or tout ce qu'elle avait réussi à faire, c'était de lui apporter son cœur sur un plateau.

Et il n'aurait qu'à tendre la main si l'envie lui en prenait.

Pourtant, loin d'éprouver du dégoût et de l'horreur pour sa stupidité, elle s'en trouvait au contraire ravie.

Elle avait toujours été nulle au jeu de l'amour. Elle avait toujours parié sur le mauvais cheval quand il s'agissait de dénicher un homme capable de se tenir, de lui témoigner un minimum de respect et, surtout, de jouer franc jeu. Elle n'avait jamais eu beaucoup de chance.

Mais la chance était peut-être en train de tourner.

Grâce à Sam Martelli.

Sam était loyal. Elle ne l'imaginait pas commettre de malhonnêteté. Elle lui faisait une absolue confiance. Ce qui était loin d'être le cas avec Roger et les autres. Chaque fois qu'elle s'était lancée dans une histoire amoureuse, tous les clignotants s'étaient mis au rouge, mais elle les avait ignorés parce qu'elle voulait à toute force être aimée, par peur de rester seule. Et elle s'était chaque fois presque jetée au cou du premier venu acceptable qu'elle voyait déjà dans le rôle du mari. C'était la triste vérité.

En outre, elle avait toujours rencontré ses petits amis dans un cadre professionnel. D'emblée, les rapports étaient faussés, car ils étaient toujours plus intéressés par le profit qu'ils pouvaient tirer de sa société que par sa petite personne. Vince avait installé son système informatique et Roger n'en voulait qu'à son compte en banque.

Aucun n'avait vraiment songé l'épouser.

Et aujourd'hui, alors qu'elle venait de rencontrer un homme qui excitait son intérêt, elle l'avait dès le départ jugé inapte à tenir ce rôle et délibérément écarté. Mais ce n'était pas maintenant qu'elle changerait d'avis. Dans le passé, elle était toujours allée trop vite en besogne en écoutant aveuglément son cœur. Elle ne commettrait pas la même erreur.

Pourtant, elle ne pouvait s'empêcher de rêver à quoi ressemblerait sa vie avec Sam. Ensemble, ils courraient les brocantes et se tiendraient chaud les longues nuits d'hiver. Elle se figurait sa bruyante famille à laquelle il semblait si attaché. Y aurait-elle sa place ? Et quel genre de père ferait-il ? Elle soupira. Son imagination était trop fertile. Pourtant, elle se voyait très bien se réveiller chaque jour dans ses bras… comme ce matin.

Stella se remémora ce moment parfait.

Elle était nue dans le lit, ce qui représentait une véritable prouesse pour elle qui n'avait jamais dormi dans la tenue d'Eve, surtout à côté d'un homme. Elle s'était réveillée avec ce grand corps ferme plaqué contre son dos, une jambe musclée emprisonnant les siennes et une main tiède posée sur son sein. Emerveillée, elle s'était abandonnée à cette incroyable sensation qui dépassait son entendement, comme si un lien indicible, presque surnaturel s'était noué entre eux.

Sam la désirait elle et elle seule, sans aucune autre considération de quelque ordre que ce soit. Oserait-elle se projeter dans une relation à plus long terme avec lui ? Le revoir au-delà de ce week-end ?

Après ces deux jours de liberté, elle avait projeté de couper les ponts à leur retour à Memphis. A cette perspective, son cœur se serra.

En fait, elle avait imaginé ce stratagème pour surmonter ses inhibitions. Elle se servirait de lui, et puis elle s'en irait et l'oublierait, mais garderait dans un coin de sa mémoire le souvenir de la fabuleuse expérience qu'il lui avait permis de vivre.

Mais était-ce possible ? Elle commençait à en douter. Les deux choses étaient si indissolublement liées, si embrouillées qu'elle ne savait comment les démêler.

Comme ses sentiments. Une part d'elle-même voulait jouir de l'instant, de sa féminité retrouvée, sans avoir de comptes à rendre. Plaisir et sexe sans complication.

Mais une autre part désirait exactement le contraire. S'engager dans la durée. Par exemple, elle voulait avoir ce magnifique Apollon pour son usage exclusif. Elle n'imaginait pas une autre femme le toucher. Elle avait surpris les yeux de Sam fixés sur elle à un moment où il croyait qu'elle ne le regardait pas ! Un regard d'adoration. Comme si elle était la huitième merveille du monde. Elle déglutit avec peine. A croire... qu'il l'aimait.

Stella se ressaisit et commença à se savonner. Son imagination lui jouait des tours, elle se faisait des illusions. Il ne pouvait pas l'aimer, pas plus qu'elle ne le pouvait. C'était ridicule. Ils venaient à peine de se rencontrer. Comment pouvait-on aimer quelqu'un que l'on ne connaissait que depuis une semaine ? Du désir, une simple attirance, soit.

Mais de l'amour ?

Son cœur se gonfla d'une curieuse émotion qu'elle s'empressa de bannir. Elle ne pouvait pas se permettre de succomber à la tentation. Elle savait bien où cela la mènerait. Droit à la catastrophe. Elle s'engageait dans une impasse et ce serait la galère pour en sortir.

Et elle n'aurait plus que ses yeux pour pleurer.

Voilà pourquoi elle devait faire une croix sur les hommes. Des enquiquineurs, comme chacun sait !

Consciente de l'inanité de ses efforts, Stella s'adossa

à la baignoire. Comment pourrait-elle renoncer à Sam Martelli ? Elle avait besoin de lui comme de l'air qu'elle respirait et, si ses semblables étaient tous des enquiquineurs, il était l'exception.

Il incarnait tout ce dont elle avait toujours rêvé chez un homme — la gentillesse, l'honnêteté, la générosité, la virilité — et qu'elle n'avait jamais rencontré chez nul autre. Quelle femme pourrait lui résister ? Alors à quoi bon essayer ? Elle esquissa un sourire sans joie. D'ailleurs, avait-elle le choix ? Elle n'avait pas fait exprès de tomber amoureuse.

Stella suffoqua, paniquée. Amoureuse de Sam ? Elle passa par toute la gamme des sentiments avant de se rendre à l'évidence.

Eh bien, oui, elle était amoureuse.

Elle s'enfonça dans l'eau avec un mélange de frustration et de bonheur. Seigneur, pourvu que ce soit le bon et qu'il ne lui brise pas le cœur !

— Ça, ce n'est pas du jeu ! s'exclama Sam quand Stella reparut en virevoltant dans la chambre, vêtue d'un caraco vaporeux rose vif et d'un string assorti, les pieds nus dans des mules.

Le léger vêtement ne tenait que par deux fines bretelles et un simple ruban, noué devant.

Sam s'imagina le défaire du bout des dents, en écarter les pans et prendre les seins ronds dans ses mains pour les caresser indéfiniment. L'ourlet, garni de plumes, dansait d'une manière irrésistible sur les cuisses de la jeune femme à chacun de ses mouvements.

Elle se pencha sur le lit, lui offrant une vue plongeante

sur ses fesses magnifiques, et lui décocha un clin d'œil provocant par-dessus son épaule.

— J'aime bien dépasser les règles, affirma-t-elle avec un sourire appuyé. Surtout avec toi.

Il pourrait lui faire l'amour sur-le-champ, songea Sam en prenant photo sur photo. Il lui suffirait d'écarter son minuscule string et de se glisser dans sa chaleur accueillante.

A son retour, un peu plus tôt dans la soirée, elle l'attendait. Elle n'était pas nue, comme elle le lui avait promis, mais elle était encore plus excitante. Elle s'était installée sur la méridienne, un carnet de croquis sur les genoux, dans la tenue la plus effrontée qu'il ait jamais vue — un ensemble guêpière et string porte-jarretelles de soie noire, avec des bas résille. Et devant le regard ébahi de Sam, elle lui avait expliqué qu'elle cherchait l'inspiration.

En matière d'inspiration, c'était... très suggestif.

Et il avait été très tenté de le lui ôter. Mais avant cela, il avait absolument voulu la photographier. Une photo après l'autre, la séance avait traîné en longueur et elle avait passé un troisième modèle. En une semaine, le petit chat timide s'était transformé en tigresse. La métamorphose était sidérante. A présent, elle évoluait devant lui avec l'aisance et le naturel d'une professionnelle.

— Tu es vraiment douée, la complimenta-t-il. C'est incroyable.

Elle était différente, ce soir. Le changement était subtil, mais elle semblait moins sur ses gardes, plus communicative, plus sûre d'elle aussi, à défaut d'un autre qualificatif. Elle faisait des progrès, songea Sam, émerveillé, en remarquant une lueur chaleureuse briller au fond de ses yeux.

Elle se frotta langoureusement contre le montant du lit,

s'y allongea et entreprit de lisser ses bas en lui décochant un sourire charmeur.

— Normal, quand on a la chance d'avoir un artiste comme toi à sa disposition. Au fait, j'ai oublié de te le dire, mais j'adore les photos que tu as prises, l'autre jour. Tu as énormément de talent. Je songe d'ailleurs à t'embaucher au Chifferobe, conclut-elle avec un petit rire en lui lançant un regard en coin.

— C'est vrai ? dit Sam d'un ton léger en tâchant de maîtriser les bonds désordonnés de son cœur.

Il avait abandonné l'idée de travailler pour elle du jour où il avait compris qu'il l'aimait. Et il s'était alors empressé de récupérer son portfolio, certain qu'elle l'aurait accusé d'agir par calcul. Elle n'en avait à l'évidence rien su, sinon elle n'aurait pas abordé la question.

Sam se força à sourire. Depuis le temps qu'il attendait l'occasion de lui démontrer son talent ! Mais on ne pouvait pas tout avoir, la femme idéale et le job de ses rêves.

— Bien vrai, confirma-t-elle.

Sam souriait toujours.

— Tu sais, c'est une drôle de coïncidence, mais j'avais envoyé mon portfolio à ta société, il y a quelques mois.

En voyant la jeune femme se figer, Sam sut qu'il venait de commettre une bourde monumentale.

— Tu as envoyé ton portfolio à ma société ? répéta Stella d'une voix éteinte.

— Euh… oui.

Elle blêmit et se releva d'un bond en levant les yeux au ciel avec une grimace de dégoût. Sam en eut l'estomac retourné.

Mais ce fut pire quand elle le regarda, les yeux étincelants de fureur, au bord des larmes.

— On se connaît depuis une semaine, et c'est maintenant que tu me le dis ? Laisse-moi deviner, tu attendais le bon moment, c'est ça ? ajouta-t-elle avec un sourire amer.

Sam déglutit. Il était si bouleversé qu'il demeura sans voix, incapable d'aligner deux pensées cohérentes. Le temps qu'il reprenne ses esprits, Stella était déjà en train de faire ses bagages.

— Oh et puis tu sais quoi ? Laisse tomber. Je suis idiote. Comme si je ne connaissais pas la réponse.

Mais non, elle ne la connaissait pas, pensa Sam, tremblant de tous ses membres, le cœur battant. Elle ne savait pas qu'il l'aimait, qu'il ne pouvait pas vivre sans elle.

— Non, tu te trompes. Tu ne m'écoutes pas. J'ai retiré ce fichu…

— Ecoute, Sam, je te signale que je connais le scénario par cœur, coupa-t-elle, glaciale.

Sam faillit s'arracher les cheveux. Dans quel guêpier s'était-il fourré ? C'était à peine s'il avait dit trois mots, mais il avait tout faux. Il avala péniblement sa salive.

— Stella, écoute. Laisse-moi t'expliquer…, bafouilla-t-il.

Elle leva une main tremblante et inspira à fond.

— Laisse tomber, je t'ai dit. S'il te plaît, ajouta-t-elle après un silence.

Il se passa la main dans les cheveux avec nervosité.

— Mais je t'assure que tu te trompes. Tu vas me laisser terminer à la fin…

— Je crois que tu en as assez dit. Maintenant, j'aimerais pouvoir faire ma valise. Je rentre chez moi, précisa-t-elle d'une voix chevrotante.

C'était peine perdue, se dit Sam, hébété, en la regardant

s'activer. Il avait tout fiché en l'air. Il avait une boule dans la gorge.

Au désespoir, il chercha comment réparer son erreur, mais vu les circonstances, il n'en avait plus le temps. Et puis elle n'était pas en état de l'écouter. Elle ne voulait rien entendre depuis qu'il lui avait annoncé avoir envoyé son portfolio à son secrétariat, quelques mois plus tôt. La phrase était au passé, mais elle ne l'avait même pas remarqué. Elle n'écoutait pas. Mieux valait attendre qu'elle se ressaisisse. Et lui aussi, d'ailleurs.

— Je peux te ramener, si tu veux, proposa-t-il. Le temps de…

— Non ! cria-t-elle, la voix vibrante d'une fureur à peine contenue. Je ne veux plus te voir. Je rentrerai par mes propres moyens. La meilleure chose que tu puisses faire, Sam Martelli, c'est de me laisser tranquille.

Sam sentit son cœur se serrer et son cerveau se vider à mesure qu'il saisissait la portée de ces paroles. La gorge en feu, les yeux embués, il eut l'impression que son crâne allait exploser.

— Stella, je t'en prie…

— Va t'en ! hurla-t-elle, le visage déformé par la colère. Tu vas t'en aller, oui ?

Effondré, Sam tourna les talons et se dirigea vers la porte. Arrivé là, il ne put s'empêcher de se retourner pour lui lancer un dernier regard. Il y mit tout ce qu'il ressentait, son amour, son chagrin, tout. Il avait l'impression qu'on lui amputait une partie de lui-même.

— Stella, tu n'as rien compris, tu sais, dit-il en quittant la pièce.

Des sanglots étouffés le poursuivirent dans le couloir.

14.

— Stella, ça va ? demanda timidement Beth en lui tendant les photos qu'elle était allée chercher chez le photographe, au coin de la rue.

Sa secrétaire la traitait comme si elle était une bombe à retardement ! songea Stella, agacée. Elle lui parlait avec douceur, évitait les gestes brusques, à croire qu'elle allait exploser d'un moment à l'autre.

Mais ses efforts étaient bien inutiles. Stella se sentait complètement engourdie, vidée, éteinte. Elle ne risquait pas de prendre feu.

— Oui, merci, répondit-elle.

— Avez-vous besoin d'autre chose ? Du chocolat, ou une pâtisserie, peut-être ?

En d'autres circonstances, Stella n'aurait pas résisté. Mais même la chocothérapie était inefficace. Elle secoua la tête.

— Non, merci.

— Vous êtes sûre ? insista Beth.

Stella croisa le regard inquiet de son assistante.

— J'en suis sûre, Beth. C'est très gentil à vous.

— Bon. Je suis à côté, au cas où.

Stella approuva d'un signe de tête et attendit le départ de

Beth pour ouvrir la pochette, en apparence si inoffensive. Elle sortit les photos d'une main tremblante et, la gorge nouée, elle contempla l'expression adorablement gênée de Sam. Son regard ne cadrait pas du tout avec sa glorieuse nudité. Elle étudia les traits familiers : les beaux yeux sombres, l'angle de la mâchoire, les lèvres charnues, chaque détail réveillait en elle une douleur lancinante.

Les yeux lui cuisaient, elle avait une boule dans la gorge et, à son grand agacement, elle sentit les picotements du désir lui chatouiller le ventre, lui rappelant tout ce qu'ils avaient partagé et ne partageraient plus jamais.

Elle regarda rapidement les photos, notant que, de l'une à l'autre, il passait de la confusion à la colère. Et il ne la quittait pas des yeux tandis qu'il se caressait. Elle n'avait jamais rien vu de si audacieux, de si sensuel. Le souvenir en était encore si vif que, le corps parcouru de frissons, elle sentit sa respiration s'accélérer et ses seins se tendre. Sa chair était déjà moite d'excitation.

Il avait beau être un odieux profiteur comme les autres, lui avoir menti et la faire souffrir, elle le désirait toujours. Désespérément.

Ce qui, en définitive, était assez compréhensible.

Après les heures torrides qu'ils avaient vécues ensemble, son corps était en manque et elle devait se désintoxiquer. Sa présence faisait bouillir son sang dans ses veines, il l'enivrait et, avec lui, elle avait toujours l'impression d'être sur un petit nuage.

Mais il y avait autre chose, quelque chose d'inconcevable, d'impardonnable et de révoltant. Elle voulait lui trouver des excuses, lui laisser le bénéfice du doute pour avoir une bonne raison de le ramener à elle.

Parce qu'elle se languissait de le revoir.

Quel sac de nœuds !

Peu importait qu'il ait agi par intérêt, comme les autres, bien que, à d'autres égards, il fût absolument unique. C'était démoralisant ? Sans doute, mais tout bien pesé, valait-il mieux rester seule avec son orgueil blessé ? L'orgueil, au fond, était une bien maigre consolation, il ne vous réchauffait pas la nuit, ne vous faisait pas rire, ne hantait pas les marchés aux puces ni les vieilles demeures ancestrales. L'orgueil ne l'aiderait pas à fonder une famille ni à avoir un enfant.

Mon Dieu ! se désespéra-t-elle. Elle n'avait toujours rien compris ! Quand donc allait-elle enfin tirer les leçons de l'expérience ? Combien de fois allait-on encore lui briser le cœur pour qu'elle apprenne à ne plus l'offrir inconsidérément ? Et pendant combien de temps encore ravalerait-elle sa fierté pour s'accrocher à un homme ? Ne l'avait-elle pas assez chèrement payé ? Jusqu'à quand allait-elle avaler la pilule ?

Le cœur brisé, Stella jura qu'on ne l'y reprendrait plus. Malgré son envie folle d'envoyer promener ses principes, d'engager Sam, de reprendre là où ils en étaient restés et de voir où cela les mènerait, elle en avait assez d'être prise pour une idiote. Après Vince et Roger, elle n'allait quand même pas en rajouter. Il y avait des limites à ne pas dépasser.

Sauf que pour son plus grand malheur, c'était tombé sur Sam.

Elle se mordit la lèvre pour endiguer les larmes brûlantes qu'elle sentait venir. Ce n'était pas tant son cœur qui la faisait souffrir, que son âme, qui se déchirait. Elle savait qu'elle aurait dû ne plus y penser, comme elle l'avait fait quand Vince et Roger l'avaient plaquée, mais cette fois, c'était différent — la douleur était intolérable. Avec Vince ou Roger, même si elle avait du mal à l'admettre, le dénouement était prévisible. Leur relation contenait en germe son échec.

Mais, sans pouvoir se l'expliquer, elle s'était attendue à autre chose de la part de Sam. Elle avait vraiment cru qu'il était différent des autres, qu'il éprouvait une réelle tendresse pour elle. Le regard qu'il lui avait lancé en partant l'avait poursuivi durant tout le trajet de retour et la hantait encore. Sam avait l'air anéanti, égaré, blessé. A tel point que, l'espace d'un instant, elle s'était demandé si elle ne s'était pas trompée et avait compris tout de travers. Mais elle avait fini par réagir, estimant qu'elle prenait ses rêves pour des réalités. Elle tiendrait bon et démentirait le vieil adage « Jamais deux sans trois. »

Elle se remémora l'historique des événements. Elle aurait dû se fier à son instinct et refuser l'invitation qu'il lui avait faite de passer le week-end avec lui. Elle se doutait qu'accepter était une grave erreur, mais elle n'avait pas pu s'en empêcher. Il avait suffi d'un de ses regards voluptueux et d'un sourire lascif pour qu'elle se change en la femme libre, sans complexe, qu'elle avait toujours rêvé d'être. Elle s'était sentie plus vivante pendant ces quelques jours passés en sa compagnie que, en fait… jamais. Il la faisait vibrer de toutes les façons possibles.

Et même si ce week-end avait tourné au désastre, elle ne regrettait rien. Elle avait appris à être elle-même et à ne plus avoir honte de son corps. Et même si, elle le soupçonnait, lui seul avait le pouvoir de la révéler à elle-même, au moins, elle savait désormais qu'elle pouvait vivre sa sensualité autrement que par procuration, en dessinant de la lingerie sexy.

Rien que pour cela, l'expérience valait le coup. Malgré son chagrin, elle avait enfin surmonté ses doutes et gagné de l'assurance. C'était déjà quelque chose.

Beth frappa et passa la tête dans l'embrasure de la porte.

— J'ai deux ou trois choses à voir avec vous.

Stella inspira à fond, se tamponna les yeux et s'empressa de remettre les photos dans leur pochette.

— Bien sûr, entrez, dit-elle avant de s'éclaircir la gorge.

Beth se dirigea vers le bureau et lui tendit une chemise.

— Voici la maquette du catalogue de notre nouvelle collection, Inspiration.

Stella l'examina, suggéra quelques modifications et lui donna son approbation.

Beth lui remit une autre chemise.

— Un type a appelé… — elle consulta le Post-it collé sur le carton — mercredi matin pour demander qu'on lui renvoie son portfolio. J'ai pensé que vous aimeriez y jeter un coup d'œil avant. C'est vraiment excellent, je trouve, je l'ai regardé.

Stella avait la chair de poule et l'estomac noué en prenant le dossier. Elle l'ouvrit et n'eut pas besoin de lire la signature pour savoir qu'il appartenait à Sam Martelli.

Elle déglutit avec difficulté.

— Il veut reprendre son portfolio ? répéta-t-elle, sachant qu'elle avait parfaitement entendu l'information que lui avait fournie sa secrétaire.

— Oui, et il a beaucoup insisté pour le récupérer dans les plus brefs délais. J'ai trouvé ça curieux, mais j'ai préféré le garder pour vous le montrer d'abord. Qu'en pensez-vous ?

Stella avait le vertige et la gorge sèche.

— Euh... quand avez-vous dit qu'il a appelé ?

— Mercredi matin.

Mercredi matin ? Stella réfléchit à toute vitesse. Mais... Son cœur s'arrêta de battre, elle suffoquait. S'il avait appelé mercredi matin, cela voulait dire avant de venir la voir pour l'inviter à l'accompagner à Martindale.

Avant qu'elle tombe amoureuse de lui.

Elle avait les oreilles bourdonnantes. Pourquoi avait-il fait cela ? se demanda-t-elle, tandis qu'une idée commençait à germer dans sa tête. S'il voulait entrer dans sa société, pourquoi alors avoir appelé pour récupérer son portfolio juste après avoir fait sa connaissance et établi le contact ?

Une curieuse sensation papillonna dans sa poitrine. Cela n'avait aucun sens... mais la logique n'avait jamais été son fort, de toute façon. Son esprit irrationnel, donc, souhaitait qu'elle n'en tire pas de conclusions trop hâtives.

En fait, de la manière la plus irrationnelle qui soit, elle espérait qu'il avait repris son book parce que c'était elle qu'il voulait avant tout, et non pas signer un contrat avec sa société. Parce qu'il désirait éviter qu'elle interprète mal ses intentions si elle venait à apprendre sa démarche.

Or c'était exactement ce qu'elle avait fait, comprit-elle, dégoûtée. A peine avait-elle entendu parler de ce book qu'elle avait refusé d'écouter les explications de Sam. Elle avait eu si mal que, à peine avait-il prononcé trois mots, elle lui coupait la parole en se drapant dans sa dignité.

Qu'avait-il dit sur le seuil de la porte ? « Tu n'as rien compris, tu sais. »

Seigneur !

Et elle ne l'avait pas cru.

Elle sentit comme un étau lui étreindre la poitrine. Prise d'une soudaine inspiration, elle bondit sur ses pieds, attrapa le book de Sam, les photos et son sac et gagna en trombe la porte.

— Je m'absente pour la journée, jeta-t-elle à Beth, abasourdie.

Crispé, l'estomac noué, Sam se gara devant la maison de Stella et fixa longuement l'entrée. Retour à la case départ, songea-t-il avec un sourire désabusé.

Deux jours à peine s'étaient écoulés depuis qu'ils s'étaient quittés, mais cela lui avait paru une éternité. Elle lui avait terriblement manqué, de même que le fameux « coup de foudre » et tout ce qui allait avec. La chair de poule, les picotements, la tension dans le ventre. Elle était partie samedi soir — seule, dans une voiture de location — et depuis lors, il avait l'impression de flotter dans l'irréalité, d'être détaché de lui-même. Un peu comme un avant-goût de la mort.

Après le départ de Stella, il avait décidé de laisser les choses se décanter, de ne pas la brusquer pour lui laisser le temps de la réflexion. Il savait qu'elle devait comprendre par elle-même qu'il n'était pas comme ses ex. Sinon, il risquait de payer pour les autres, ce qui serait tout à fait injuste.

Il voulait croire que le temps jouait en sa faveur et qu'elle parviendrait toute seule à cette conclusion sans qu'il lui force la main. Une fois le chagrin et la colère retombés, elle finirait par y voir clair et découvrirait qu'il y avait vraiment quelque chose de spécial entre eux, quelque chose d'unique, et qu'elle ne pouvait pas le comparer aux odieux profiteurs avec qui elle était sortie. Ces sales menteurs qui ne lui arrivaient pas à la cheville et qui s'étaient servis d'elle par intérêt.

Mais le temps passant, sans nouvelles d'elle, sa belle assurance avait commencé à se lézarder. Et si Stella n'avait toujours pas compris qu'ils étaient faits l'un pour l'autre ? Que s'il avait effectivement une idée derrière la tête quand elle était venue le voir dans son studio, ce n'était plus qu'elle, et elle seule, qui l'intéressait après coup ?

Il n'en pouvait plus. Il fallait qu'il la revoie. Il avait appelé son bureau où sa secrétaire lui avait appris que Stella s'était absentée pour la journée. Aucune importance. Il irait l'attendre devant chez elle. Elle finirait bien par rentrer à un moment ou à un autre. A condition toutefois que Mme Carter — « le cerbère », comme Stella la surnommait —, n'ait pas la bonne idée d'appeler son fils à la rescousse, s'inquiéta Sam qui surprit la voisine en faction derrière la haie de troènes.

Il lui fit un signe de la main en souriant, et sourit en la voyant se renfrogner et battre en retraite.

Cinq minutes plus tard, une voiture de police s'arrêta derrière son 4x4. Sam poussa un juron en voyant les rideaux de Mme Carter s'agiter légèrement. Un agent de police, une véritable armoire à glace, descendit du véhicule, s'approcha du 4x4 et frappa à la fenêtre.

Sam baissa la vitre avec son plus beau sourire — ce qui n'était pas un mince exploit tant il bouillait intérieurement.

— Oui ? fit-il.

— Y a-t-il une raison pour que vous stationniez dans cette rue ?

— J'attends Mlle Delaney, répondit aimablement Sam.

— Depuis quand êtes-vous là ?

Sam tapota le volant et fit mine de réfléchir.

— Une demi-heure, environ.

— C'est un mensonge ! lança Mme Carter qu'il n'avait pas vue arriver et qui avait apparemment décidé de participer à l'interrogatoire. Il y a au moins une heure qu'il est là.

Sam afficha un simulacre de sourire.

— C'est bien possible, mais je ne savais pas qu'attendre quelqu'un était contrevenir à la loi.

Mme Carter le fusilla du regard avant de se tourner vers le policier.

— Forcez-le à déguerpir ! Stella a assez de problèmes comme ça pour ne pas avoir encore un de ces malades sur le dos.

— Je ne suis pas un de ces malades, comme vous dites, je suis un ami, se défendit Sam, en se rappelant alors que Stella avait évoqué quelque chose dans ce genre, lors de sa première visite.

Mais, ce jour-là, il était si bouleversé qu'il y avait à peine prêté attention.

— Un ami, ça m'étonnerait, rétorqua Mme Carter. Si vous l'étiez, vous ne seriez pas en train de l'attendre dans la rue. Maintenant, allez-vous en. Elle ne donne pas d'interviews à la maison. Ni aux journalistes, ni aux solliciteurs, ni à qui que ce soit. Vous pourriez avoir un peu de décence, tout de même ! Prenez un rendez-vous et arrêtez de l'importuner chez elle !

Sam se sentit mal à l'aise. Au fond, sa présence n'était pas totalement désintéressée et il avait lui aussi quelque chose à lui demander. Il comprenait que Stella se méfie de tout le monde. Mais il n'était pas un de ces crampons auxquels Mme Carter se hâtait de l'assimiler. La preuve, il s'était empressé de récupérer son portfolio quand il avait compris qu'il était tombé amoureux d'elle. Il n'était pas comme Roger ou les autres, lui.

Et il voulait le lui prouver.

Sauf que M. muscles en uniforme semblait avoir décidé du contraire.

— Désolé, mais je dois vous demander de partir, dit celui-ci, au grand mécontentement de Sam.

— Ecoutez, dit-il en s'efforçant de garder son calme. Je ne fais de mal à personne. Je n'enfreins pas la loi. J'attends une amie, c'est tout.

L'armoire à glace souffla en gonflant la poitrine.

— Je ne voudrais pas être désagréable, mais je vous ai demandé de partir et vous allez obéir de gré ou de force. Compris ? ajouta-t-il en faisant craquer ses jointures.

— Bien dit ! apprécia Mme Carter avec un hochement de tête satisfait.

Sam sentit la moutarde lui monter au nez. Il ne pouvait blâmer Mme Carter de prendre la défense de Stella, et il lui était même reconnaissant de veiller sur elle. Mais il aurait de loin préféré qu'elle s'en prenne à quelqu'un d'autre et le laisse tranquille.

— Ecoutez…

— Bon, je vous avais prévenu.

Le policier ouvrit la portière et le força à descendre de voiture. Ulcéré, Sam résista et, en moins de deux secondes, il se retrouva plaqué contre la portière, les bras tordus dans le dos.

— Arrêtez ! Je n'ai rien fait !

— Eh ! cria une voix familière. Qu'est-ce que vous faites ? Que se passe-t-il, madame Carter ?

Sam voulut se retourner, mais le policier le retenait d'une poigne de fer. Il entendit des talons claquer sur le trottoir.

— Je vous ai demandé ce que vous étiez en train de faire, répéta Stella. Relâchez-le tout de suite.

— Connaissez-vous ce monsieur, Stella ? demanda l'agent de police.

— Il se planquait dans sa voiture, renchérit Mme Carter. Il vous attendait.

— Mais oui, bien sûr que je le connais, répondit Stella avec un soupir d'exaspération. C'est un ami à moi. Maintenant, allez-vous le lâcher, oui ou non ?

— Si vous le dites, répondit le policier qui regrettait visiblement de ne pas avoir eu le temps de lui démettre un bras ou deux.

Il relâcha à contrecœur le bras de Sam et recula. Sam put enfin se retourner. Dès qu'il posa les yeux sur elle, la chair de poule, les picotements, les tiraillements au niveau de l'aine reprirent avec une telle intensité qu'il en eut le souffle coupé.

Il mourait d'envie de la serrer dans ses bras, il voulait respirer son parfum suave, sentir ses courbes douces pressées contre lui. Il avait les jambes en coton et il eut toutes les peines du monde à se ressaisir. Mais il savait que le moment était mal choisi.

— Nous n'avions pas l'intention de faire du mal à votre ami, Stella, déclara Mme Carter avec un reniflement de regret. C'était pour vous rendre service.

Stella tourna la tête et regarda sa voisine avec un grand sourire.

— Je sais et je vous en remercie.

L'air satisfait, Mme Carter s'éloigna en direction de sa maison, en compagnie du gigantesque policier.

— Désolée, fit Stella, la mine contrite. Il lui arrive de faire de l'excès de zèle.

— Il n'y a pas de mal, dit Sam en fourrant ses mains dans ses poches pour résister à l'envie de la toucher.

— Euh… Tu m'attendais depuis longtemps ?

— Une heure environ.

Elle croisa les bras sur sa poitrine.

— C'est drôle, mais j'ai poireauté à peu près autant sur le parking, devant chez toi.

— Vraiment ? s'exclama Sam, soufflé.

Elle l'observait d'un air à la fois méfiant et plein d'espoir qui fit gonfler son cœur de bonheur.

— Oui, et puis j'ai décidé de rentrer et de t'appeler de la maison.

— En tout cas, je te dois une fière chandelle, dit Sam. Tu es arrivée à pic. Sans toi, je serais déjà au commissariat.

Elle sourit.

— Veux-tu entrer une minute ? proposa-t-elle en désignant la maison.

Sam acquiesça d'un signe de tête et la suivit à l'intérieur. Elle se débarrassa de sa parka qu'elle suspendit au portemanteau. Sam l'imita.

Embarrassés, ils se dévisageaient, debout dans le vestibule, sans rien dire. Un silence pesant s'installa. Puis chacun avala sa salive avant de se jeter à l'eau en même temps.

— Je te dois des…

— Je suis désolé…

Ils éclatèrent de rire, ce qui eut le don de détendre un peu l'atmosphère.

— Toi d'abord, dit Sam.

Stella se passa la main dans les cheveux et sourit nerveusement.

— Merci. Je voulais d'abord te présenter mes excuses, et ensuite, j'ai une question à te poser.

Elle prit une profonde inspiration, comme pour se donner du courage.

— Je… euh… je suis désolée de m'être comportée de cette façon à Martindale, reprit-elle. J'aurais dû te laisser t'expliquer, mais j'étais si en colère que je suis montée sur mes grands chevaux. Je suis vraiment désolée, répéta-t-elle, l'air très malheureux.

Sam se sentit plus léger. Il lut une telle émotion dans ses admirables yeux verts qu'il fit instinctivement un pas en avant.

— Tu es pardonnée.

— Maintenant, la question. Pourquoi as-tu retiré ton portfolio du Chifferobe ?

Sam savait que Stella attachait une grande importance à sa réponse. On aurait dit qu'elle retenait son souffle en priant pour qu'il trouve les mots justes.

— Parce que j'ai su que tu étais la femme de ma vie à la seconde où je t'ai vue, dit-il en l'enveloppant d'un regard caressant. Et je ne voulais pas te donner une seule raison de douter de moi. Je serai franc avec toi, Stella, reprit-il après avoir marqué une pause pour lui laisser le temps d'assimiler. Au début, je ne te cache pas que j'étais très excité quand tu as pris un rendez-vous pour réaliser tes photos. Je voulais saisir l'occasion de te démontrer mon talent. Tu aurais jeté un coup d'œil à mon book et j'aurais peut-être eu la chance d'entrer au Chifferobe. Je vois un tas d'améliorations à apporter à ton catalogue, si tu savais…

Débordant d'enthousiasme, il s'interrompit et lui sourit.

— N'importe quel professionnel voudrait travailler pour toi, poursuivit-il en s'approchant encore pour lui caresser la joue du bout des doigts. Mais j'ai changé d'avis dès que je t'ai vue. Plus rien ne comptait plus que toi. C'est toi que je voulais, tu comprends ?

Stella soupira, les yeux embués de larmes.

— M'en aurais-tu parlé si je ne l'avais pas fait ?

— Non, je savais que tu interpréterais mal mes intentions et que tu en tirerais les mauvaises conclusions.

— Et c'est exactement ce qui s'est passé. J'ai douté de toi, alors que tu ne le méritais pas. J'avais tellement envie de croire en toi ! Mais après toute une succession de mauvaises décisions et d'erreurs, je me suis dit que je ne pouvais plus me fier à mon jugement.

Sam lui prit le menton et la regarda droit dans les yeux.

— Je comprends. Mais tu peux te fier au mien. Je te jure que tu peux me faire confiance.

Il tressaillit, le corps parcouru de frissons.

Stella le regarda, perplexe.

— Tu trembles ? Tu as froid ? Veux-tu que je monte le chauffage ?

Sam secoua la tête. Confidence pour confidence, il pouvait lui faire une autre confession.

— Comment veux-tu que j'aie froid quand je suis près de toi ? rétorqua-t-il en lui prenant la main qu'il posa sur son cou, provoquant une autre vague de chaleur. Tu sens ? Je brûle littéralement. C'est comme ça depuis que je te connais.

— Mais pourquoi as-tu des frissons tout le temps, alors ? Mon Dieu, est-ce que tu es malade ? s'enquit-elle en s'écartant, les yeux écarquillés d'effroi.

— Mais non, pas du tout. Il s'agit d'un truc un peu farfelu.

— Qu'est-ce que c'est ?

Sam sourit, mal à l'aise.

— Ça s'appelle le coup de foudre des Martelli.

— Le quoi ?

Sam lui résuma en quoi consistait le curieux phénomène qui frappait tous les hommes de sa famille. Elle accueillit ses explications avec un air incrédule, mais heureusement pour lui, elle ne se précipita pas de l'autre côté de la rue pour rappeler M. muscles à l'aide.

— Je récapitule, dit-elle. C'est grâce à cette fameuse attirance immédiate des Martelli que tu sais si tu as rencontré la bonne ?

— Oui.

— Et c'est ce que tu as éprouvé dès que tu m'as vue ? Tu as compris que j'étais la femme idéale, que nous tomberions amoureux et que nous vivrions ensemble jusqu'à la fin de nos jours ? Comme tes ancêtres avant toi ?

— Exact, confirma Sam en se retenant de rire.

— Alors pourquoi ne me l'as-tu pas dit ? éclata-t-elle en lui assenant une bourrade sur la poitrine. Tu nous aurais épargné beaucoup de temps et de chagrin.

Sam cilla, estomaqué.

— Pourquoi ? Mais parce que tu m'aurais pris pour un demeuré. Qu'est-ce que tu aurais voulu que je dise ? Excusez-moi, mademoiselle Delaney, mais j'ai les poils qui se hérissent, ce qui signifie que nous sommes faits l'un pour l'autre, que nous allons nous marier, vivre heureux et avoir beaucoup d'enfants ?

Elle fit une adorable grimace et réfléchit quelques instants.

— Oui... c'est tout à fait ça.

— Exactement, renchérit Sam en posant ses lèvres sur les siennes.

Alors il l'embrassa de toute son âme, modelant sa bouche à la sienne, jouant avec sa langue comme il aurait voulu jouer avec son corps. Seigneur ! Il la désirait si fort que c'en était presque douloureux ! Il la voulait.

Tout de suite.

Elle recula et lui décocha un sourire canaille en levant vers lui un regard avide, brûlant de désir et de bonheur.

— C'est ça, murmura-t-elle en écrasant ses seins contre son torse. Et si on le faisait là-haut, qu'en dis-tu ?

Sam releva son pull et colla la bouche à l'un de ses seins à travers le tissu soyeux de son soutien-gorge.

— J'ai une meilleure idée. On va faire comme si on le faisait là-haut.

Elle rit et arqua le dos pour pousser son mamelon sensible plus avant dans sa bouche, la respiration saccadée.

— Je pense que c'est une bonne idée.

Sam la débarrassa prestement de ses vêtements et l'installa sur la table de réfectoire, au centre du vestibule.

— Je fantasme sur cette table depuis le premier jour, déclara-t-il.

Stella ne resta pas inactive et, très vite, les habits de Sam s'entassèrent pêle-mêle à côté des siens sur le sol. Elle referma la main autour de son sexe et le guida jusqu'à la tendre moiteur de son intimité.

210

Sam plongea en elle d'une seule poussée avec une indicible sensation de plénitude.

Il avait trouvé son havre de paix.

Aussitôt, Stella se contracta autour de lui, elle lui mordilla l'épaule, se cambra et se plaqua contre lui pour mieux savourer son plaisir tandis qu'il allait et venait dans sa chair brûlante.

— Je t'aime, dit Sam d'une voix hachée en redoublant d'intensité, de plus en plus vite, de plus en plus loin. Je t'aime, tu comprends ?

Stella se serra plus fort autour de lui et atteignit la jouissance dans un cri d'extase.

— Oui… Je t'aime aussi !

Ces mots déclenchèrent en lui une sensation qu'il n'avait jamais encore expérimentée. Son corps se tendit comme un volcan sur le point de faire éruption. Chaque parcelle de son corps le démangeait et on aurait dit que chacune de ses cellules s'affûtait tandis qu'il succombait à l'orgasme le plus extraordinaire, le plus phénoménal qu'il ait jamais connu.

Il émit une longue plainte, un gémissement sourd avant de s'effondrer contre elle, incapable de tenir debout.

Tremblant de tous ses membres, il resta là un long moment, essayant de reprendre son souffle. Il savait que ce qui venait de se produire entre eux, cette étreinte fabuleuse, inoubliable, dépassait son entendement et les liait l'un à l'autre à jamais.

— C'est la deuxième fois que nous faisons l'amour sans protection, parvint-il à articuler. J'espère que tu n'as rien contre l'idée de fonder une famille très vite.

Pour des raisons qui lui échappaient, il avait le pressentiment que c'était exactement ce qu'ils venaient de faire.

Stella était aux anges. Une onde de chaleur la submergea à la pensée de porter l'enfant de Sam.

Son corps se contracta autour du sien et elle entendit Sam haleter, les yeux écarquillés de désir.

Mon Dieu, comme elle l'aimait !

— Je n'ai absolument rien contre, murmura-t-elle. Je dirais même que c'est une magnifique idée et que je suis à cent pour cent d'accord.

Elle se pencha, saisit son visage entre ses mains et planta un baiser enflammé sur ses lèvres. Il était à elle, songea-t-elle, en sentant son sexe dur palpiter au fond du sien. Il n'était pas comme les autres… et elle lui appartenait. Pour toujours…

— C'est bien vrai ? balbutia Sam.

Au comble du bonheur, Stella croyait déjà entendre les premiers accents de la marche nuptiale.

— Oui, gloussa-t-elle. Féconde-moi encore, chéri.

— Tes désirs sont des ordres, dit Sam qui s'empressa d'obéir.

Épilogue

— Il dort, chuchota Stella. Il faut que je le couche.

Elle caressa la tête brune et soyeuse de son fils, le cœur gonflé d'allégresse.

— Encore une minute, supplia Sam derrière le viseur de son appareil photo. C'est génial. Ce serait dommage de rater ça. Donne-moi encore cinq petites minutes.

Hésitant entre le rire et l'exaspération, Stella réprima l'envie de lever les yeux au ciel. Voilà une heure que Sam lui réclamait cinq petites minutes. En fait, cela faisait une année que son mari la photographiait avec une frénésie qui frisait l'obsession. Des photos plutôt lestes, au début. Par la suite, quand elle était tombée enceinte, il l'avait littéralement mitraillée pour ne pas rater le moindre changement à mesure que son corps s'arrondissait.

Sa maternité lui avait inspiré une nouvelle collection de lingerie future maman, projet que son nouveau photographe, un type sexy qui s'appelait Sam Martelli, avait dirigé avec maestria, de même que beaucoup d'autres. A eux deux, il formait une équipe d'enfer. Si son affaire marchait déjà très bien avant Sam, à présent, le Laney's Chifferobe était au sommet de la gloire.

Ils s'étaient mariés aussitôt après leurs retrouvailles et

cette union hâtive avait déchaîné les passions à Memphis, à la plus grande joie des tabloïds. Le *Herald*, notamment, en avait fait ses choux gras. Mais la visite de Sam, flanqué de son avocat, de son père et de ses frères, y avait mis bon ordre.

Si Stella avait pensé que l'acharnement de Sam aurait diminué après la naissance de Tony et que leur fils deviendrait son nouveau sujet de prédilection, elle se trompait. Oh, bien sûr, il avait pris des tonnes de photos de leur bébé, mais davantage encore du bébé et de sa maman ensemble. Des nus, des portraits, dedans, dehors, partout.

C'était l'heure de la tétée matinale. Elle était entrée dans la chambre d'enfant, s'était assise sur la chaise à bascule, devant la fenêtre et, une fois le petit gourmand bien calé sur son sein, elle avait poussé un soupir de contentement, émerveillée par la perfection de l'instant, la plénitude de sa vie avec Sam et leur enfant. Et c'était le moment qu'avait choisi son mari pour faire irruption dans la pièce. Il l'avait regardée d'un drôle d'air et s'était hâté de repartir chercher son appareil photo.

Stella ne put s'empêcher de sourire. Repu, Tony avait terminé son repas depuis une demi-heure, mais Sam ne semblait pas pressé de la libérer.

Stella poussa un soupir.

— Sam, je dois le recoucher. Il faut que je me lève.

— Mais…

— Mais rien du tout.

— Bon, d'accord.

Il posa son appareil et rejoignit sa femme près du berceau dont il repoussa la couverture pour lui permettre de déposer leur fils dans son petit lit.

— Oh, ma chérie, il est si beau ! murmura-t-il avec une douceur proche de la révérence.

Son colosse de mari, son bel Italien si sexy et si viril fondait littéralement devant leur petit bébé.

— C'est vrai, confirma-t-elle avec un tendre sourire. Il ressemble à son papa.

Sam l'enlaça et la pressa contre lui. Puis il se pencha et déposa un baiser sur le bout de son nez.

— Pas du tout, c'est le portrait craché de sa maman.

— Disons que nous en partageons tous les deux le mérite, plaisanta-t-elle alors qu'une onde de chaleur remontait le long de sa colonne vertébrale jusqu'à la pointe de ses seins.

Quand Sam redressa la tête, elle surprit une lueur lascive au fond de ses yeux de braise.

— A quelle heure mon père et la smala doivent-ils venir ? s'enquit-il avec un sourire voluptueux.

Stella frémit d'excitation en comprenant où il voulait en venir.

— Oh, je les attends pour le déjeuner, pas avant quelques bonnes heures.

Elle avait épousé un mari et toute la famille par-dessus le marché. Une tribu bruyante qu'elle adorait et qui le lui rendait bien.

Sam se pencha et nicha sa bouche au creux de son cou.

— Je ne sais pas pour toi, mais j'ai déjà un petit creux, susurra-t-il en lui mordillant le lobe de l'oreille.

Stella tressaillit, le corps parcouru de frissons et un éclair de feu lui traversa l'abdomen.

— Ah bon ? chuchota-t-elle. Je crois que j'ai ce qu'il te faut.

— Oui ? Qu'est-ce que c'est ?

Elle glissa les doigts dans la toison noire et bouclée qui recouvrait son torse, l'attira à elle et l'embrassa éperdument, jusqu'à en avoir le souffle coupé. Quand elle sentit son membre dur, pressé contre son ventre, elle emmêla ses doigts aux siens et l'entraîna vers leur chambre, les yeux étincelants.

— Du sexe enrobé de chocolat, mon amour.

Le nouveau visage
de la collection Or

◆

AMOURS D'AUJOURD'HUI

Afin de mieux exprimer sa modernité et de vous séduire encore davantage, votre collection Or a changé de couverture et de nom depuis le 1er mars 1995.

Rassurez-vous, les romans, eux, ne changent pas, et vous pourrez retrouver dans la collection **Amours d'Aujourd'hui** tous vos auteurs préférés.

Comme chaque mois, en effet, vous y attendent des héros d'aujourd'hui, aux prises avec des passions fortes et des situations difficiles...

COLLECTION
AMOURS D'AUJOURD'HUI :
Quand l'amour guérit des blessures de la vie...

Chère lectrice,

Vous nous êtes fidèle depuis longtemps?
Vous venez de faire notre connaissance?

C'est pour votre plaisir que nous avons
imaginé un rendez-vous chaque mois
avec vos auteurs préférés, vos
AUTEURS VEDETTE dans les
collections Azur et Horizon.

Les AUTEURS VEDETTE vous
donneront rendez-vous pour de
nouveaux livres vedette.

Pour les reconnaître, cherchez
l'étoile... Elle vous guidera!

Éditions Harlequin

HARLEQUIN

LE FORUM DES LECTEURS ET LECTRICES

CHERS(ES) LECTEURS ET LECTRICES,

VOUS NOUS ETES FIDÈLES DEPUIS LONGTEMPS?

VOUS VENEZ DE FAIRE NOTRE CONNAISSANCE?

SI VOUS AVEZ DES COMMENTAIRES, DES CRITIQUES À
FORMULER, DES SUGGESTIONS À OFFRIR, N'HÉSITEZ
PAS… ÉCRIVEZ-NOUS À:
      LES ENTERPRISES HARLEQUIN LTÉE.
      498 RUE ODILE
      FABREVILLE, LAVAL, QUÉBEC.
      H7R 5X1

C'EST AVEC VOS PRÉCIEUX COMMENTAIRES QUE NOUS
ALLONS POUVOIR MIEUX VOUS SERVIR.

DE PLUS, SI VOUS DÉSIREZ RECEVOIR UNE OU
PLUSIEURS DE VOS SÉRIES HARLEQUIN PRÉFÉRÉE(S)
À VOTRE DOMICILE, NE TARDEZ PAS À CONTACTER LE
SERVICE D'ABONNEMENT; EN APPELANT AU
(514) 875-4444 (RÉGION DE MONTRÉAL) OU 1-800-667-4444
(EXTÉRIEUR DE MONTRÉAL) OU TÉLÉCOPIEUR
(514) 523-4444 OU COURRIER ELECTRONIQUE:
AQCOURRIER@ABONNEMENT.QC.CA OU EN ÉCRIVANT À:
      ABONNEMENT QUÉBEC
      525 RUE LOUIS-PASTEUR
      BOUCHERVILLE, QUÉBEC
      J4B 8E7

MERCI, À L'AVANCE, DE VOTRE COOPÉRATION.

BONNE LECTURE.

HARLEQUIN.

VOTRE PASSEPORT POUR LE MONDE DE L'AMOUR.

COLLECTION HORIZON

Des histoires d'amour romantiques qui vous mènent au bout du monde!

Découvrez la passion et les vives émotions qu'apportent à la Collection Horizon des auteurs de renommée internationale!

Captivantes, voire irrésistibles, ces histoires d'amour vous iront assurément droit au coeur.

Surveillez nos trois nouveaux titres chaque mois!

La COLLECTION AZUR

Offre une lecture rapide et

- ☑ *stimulante*
- ☑ *poignante*
- ☑ *exotique*
- ☑ *contemporaine*
- ☑ *romantique*
- ☑ *passionnée*
- ☑ *sensationnelle!*

*COLLECTION AZUR...des histoires
d'amour traditionnelles qui vous
mènent au bout monde!
Cinq nouveaux titres chaque mois.*

GEN-RP-R

69 L'ASTROLOGIE EN DIRECT
TOUT AU LONG
DE L'ANNÉE.

(France métropolitaine uniquement)
Par téléphone 08.92.68.41.01
0,34 € la minute (Serveur JET MULTIMÉDIA).

Composé et édité par les
éditions Harlequin
Achevé d'imprimer en avril 2006

BUSSIÈRE

GROUPE CPI

à Saint-Amand-Montrond (Cher)
Dépôt légal : mai 2006
N° d'imprimeur : 60579 — N° d'éditeur : 12062

Imprimé en France